St. Petersburg, *so kühl wie schön!*
Aus dem Tagebuch eines Herumtreibers
von Hartmut Moreike

*Es liegt etwas unbeschreiblich Rührendes in
unserer Petersburger Natur, wenn sie bei
Frühlingsbeginn ihre ganze Macht und alle ihre
vom Himmel verliehenen Kräfte offenbart, sich
putzt und mit Laub und Blüten schmückt...*

Fjodor Dostojewski in Weiße Nächte

AF139283

Copyright: Hartmut Moreike

Ahrensfelde und St. Petersburg 2015

Herstellung und Verlag: BoD - Books on Demand,
Norderstedt

Foto: Hartmut Moreike

ISBN: 978-3-7392-7611-3

Verkaufspreis 6,00 Euro

St. Petersburg,

so kühl wie schön!

HARTMUT MOREIKE

Die Frau des Dekabristen

Es ist eine stürmische Dezembernacht 1826. Eine junge russische Frau verlässt ihr luxuriöses Heim in Sankt Petersburg, verlässt den kleinen Sohn, den sie ein Jahr zuvor unter qualvollen Schmerzen einer Erstgebärenden zur Welt gebracht hatte und ihre Eltern. Mascha oder Maschenka, wie sie von Freundinnen und Verwandten liebevoll genannt wurde. Bei ihrer Audienz beim Zaren Nikolai I. wurde sie, wie es das Zeremoniell vorschrieb, mit vollem Namen vorgestellt: Fürstin Marija Nikolajewna Wolkonskaja. Sie erbat die Gnade, mit ihrem Mann, dem Adelsrevolutionär Fürst Wolkonskij, seine Verbannung im fernen Sibirien teilen zu dürfen.

Der Zar hatte sie vor die Wahl gestellt, entweder ihr Mann oder die Familie. Die junge Fürstin war zu diesem Zeitpunkt ganze einundzwanzig Jahre. Sie, die blutjunge Ehefrau des zwanzig Jahre älteren Offiziers und Edelmannes, eines der gescheitesten Köpfe Petersburgs und Führers des Dekabristenaufstandes adliger Offiziere gegen die despotische Selbstherrschaft des Zaren und gegen die Leibeigenschaft, war vor die schwierigste Entscheidung ihres Lebens gestellt. Eine unmenschliche, eine widernatürliche Wahl.

Ihr Vater und auch ihr Bruder bedrängten sie, ihr wohlbehütetes Dasein, ihr gewohntes Leben in Glanz und Reichtum in Ehren weiterzuführen mit ihrem kleinen Sohn Nikolai. Sie erwähnten die Aussicht einer erneuten Heirat, denn der Zar hatte den Ehefrauen der Dekabristen, die sich von ihren zu langjähriger Verbannung und Kerkerstrafen verurteilten Männern lossagten, die baldige Scheidung angeboten. Sollte sie all dem für immer den Rücken kehren, ihr Kind verlassen, ihren süßen Nikolaschka, die Eltern? Die Welt der schönen Künste und Hofbälle, die fürstlichen Privilegien eintauschen für ein Schicksal als Frau eines Zuchthäuslers, um ihm zu folgen ins Grauen der sibirischen Verbannung, in ein Leben in Armut und Rechtlosigkeit, der Demütigungen und unbekannten Gefahren?"

Sie entschied mit dem Herzen. Fürstin Wolkonskaja verkaufte ihre Brillanten, um die Schulden ihres Mannes zu bezahlen. Dem Zaren schrieb sie am 15. Dezember 1826 das Gesuch, ihrem Mann, der zu lebenslanger Verbannung verurteilt war, folgen zu dürfen. *„Majestät, krönen Sie die Anteilnahme, die Sie den Ehefrauen der Verbannten erwiesen haben und gestatten Sie mir, meinem christlichen Gelöbnis treu und bei meinem Manne zu sein, bis dass uns der Tod scheidet."*

Der Zar, einst der hübscheste Prinz Europas, hatte sich zu einem Herrscher entwickelt, der wegen seiner Härte, Strenge, seinem Geiz und der Grausamkeit gehasst wurde, er antwortete schon eine Woche später: *„Ich habe, Fürstin, Ihren Brief erhalten. Ich entnahm ihm mit Vergnügen, dass Sie mir wegen des Mitgefühls, das ich für Sie empfinde, dankbar sind. Dennoch halte ich mich eben wegen dieses Mitgefühls für verpflichtet, Sie an dieser Stelle noch einmal vor dem zu warnen, was Sie erwarten wird, wenn Sie über Irkutsk hinaus reisen. Übrigens überlasse ich es vollständig Ihrem Ermessen, die Handlungsweise zu wählen, die Sie in Ihrer augenblicklichen Situation für die geignetstete halten. Ihr Ihnen wohlgeneigter Nikolai."*

Dieser wohlgeneigte Nikolai hatte die Adelsrevolutionäre auf den Schlossplatz zusammenschießen, die Rädelsführer hängen lassen und hunderte von ihnen nach Sibirien verbannt, eine zweifelhafte Gnade, die nur den vornehmsten Fürsten und Offizieren gewährt wurde. Andere verrotteten in der Festung Schlüsselburg vor den Toren der Zarenresidenz. Die Dekabristen, diese Offiziere hatten zuvor Napoleon aus dem Land gejagt und verfolgten ihn siegend bis nach Frankreich, wo sie mit Ideen der französischen Revolution in Verbindung kamen. Mit dem Sieg über

Napoleon hatten sie zugleich aber auch den Code Napoleon der Freiheit und Gleichheit kennen gelernt. Sie forderten Reformen, Einschränkung der Macht des Zaren, eine Verfassung und die Aufhebung der Leibeigenschaft. In Geheimbünden bereiteten sie den Sturz des Zaren vor, sollte er nicht gewillt sein, ihre Forderungen zu erfüllen. Am 14. Dezember 1825 (Dezember russ.: *Dekabr*) verweigerten die adeligen Offiziere mit ihren Regimentern, insgesamt 3000 Teilnehmer, den Eid auf den neuen Zaren und erhoben sich. Doch der Dekabristenaufstand, die erste revolutionäre Erhebung in Russland, wurde durch Verrat und zarentreue Truppen, die mit Kanonen in die Reihen der angetretenen Aufständischen feuerten, blutig niedergeschlagen.

1.271 Menschen wurden getötet, darunter 903 Soldaten. Die fünf Anführer wurden am 13. Juli 1826 hingerichtet und 120 Dekabristen verurteilte der Zar zur Verbannung nach Sibirien und zur Zwangsarbeit in den Erzgruben.

Nikolaus I. selbst nahm an den Untersuchungen teil und der Dekabristenaufstand bestärkte den reaktionären Zaren in seiner Überzeugung, Russland müsse mit eiserner Hand regiert werden. Das war also der Absender des Briefes an Fürstin Marija Wolkonskaja. Die ging mit diesem Schreiben zu ihrem Vater, dem General

Rajewski. Der Held der Schlachten von 1812 gegen Napoleon geriet völlig außer Fassung. Er schüttelte seine Fäuste über ihren Kopf und schrie: *„Ich werde dich verfluchen, wenn du nicht in einem Jahr zurückkehrst."* Er liebte seine Tochter so sehr, dass er es nicht ertragen konnte, sie dem leidvollen Leben eines Verbannten ausgesetzt zu sehen.

Schon in der nächsten Nacht reiste sie ab. Sie trennte sich schweigend von ihrem Vater, der sie stumm und mit Tränen in den Augen segnete. Auch ihr verschloss der Abschiedsschmerz die Lippen.

Der Poet Nekrassow schildert diesen Abschied dichterisch eindrucksvoll:

> *„Ja, Väterchen, ich reise nun,*
> *Bereitet's Euch auch Schmerz.*
> *Ihr wisst, nichts andres kann ich tun,*
> *Sonst bricht mir selbst das Herz.*
>
> *Nur einer lindert meine Qual. . .*
> *Lebt wohl, auf Wiedersehn!*
> *Kommt, segnet mich zum letzten Mal,*
> *Lasst mich in Frieden gehn!*
>
> *Dass Eure Tochter wiederkehrt,*
> *Ist ohne Aussicht zwar,*
> *Doch alles, was Ihr mich gelehrt,*
> *Bleibt heilig mir, fürwahr!*

Mein Stolz soll brechen nimmermehr
In jener fremden Welt,
Drum wein ich jetzt auch nicht,
so schwer
Mir dieser Abschied fällt."

Als sie den Schlitten bestieg, sah sie ihn noch einmal an und ihr wurde gewiss: Das ist das Ende. Nie sehe ich ihn wieder. Für meine Familie bin ich gestorben. Und heiße Tränen schossen ihr ins Gesicht, vermischten sich mit den großen, nassen Schneekristallen, die vom Himmel fielen. Der wackere Kavalleriegeneral war ein Mann von Ehre und empfand später großen Respekt für die hochherzige Haltung seiner Tochter. So lange er lebte, versuchte er ihr, in Sibirien zu helfen und noch auf dem Totenbett sagte er stolz über seine Tochter: *„Das ist die erstaunlichste Frau, die ich jemals kennen gelernt habe."*
Als Marija Wolkonskaja aufbrach, hatte sie nur so viel Geld bei sich, wie der Reiseschlitten, die Kibitka, bis Irkutsk kostete. In dem Bündel, das sie als einziges Gepäck mit sich trug, waren nur etwas Leibwäsche, drei Kleider und ein wattierter Kapuzenmantel. Als sie dann in Moskau bei ihrer Schwägerin Sinaida Wolkonskaja Station machte, befand sich auch Alexander Puschkin unter den Gästen des Abends, der der mutigen Frau zu Ehren gegeben wurde. Der junge Dichter, der

wegen seiner Nähe zu den Adelsrevolutionären vom Zaren verfolgt worden war und den General Rajewski deshalb kurz entschlossen mit auf eine Reise zu den kaukasischen Quellen genommen hatte. Nur schnell fort aus den Augen des Herrschers aller Reußen. Puschkin war schon früher der anziehenden Tochter des Generals begegnet und hatte sich in ihre schwarzen Augen verliebt. In der „Fontäne von Bachtschissarai" schrieb er:

> *„Und wo, wo wär ein Augenpaar,*
> *das schwärzer als die Nacht fürwahr,*
> *doch klarer als der Tag zu finden?"*

War das noch Schwärmerei des jungen Poeten, der es einfach für seine Pflicht hielt, sich in alle weiblichen Wesen zu verlieben, ob nun französische Gouvernante, Prinzessin oder russische Magd, so versetzte ihn der Entschluss von Marija Wolkonskaja, freiwillig das schwere Schicksal ihres Gatten zu teilen, in echte Begeisterung. Er wollte ihren zarten Händen ein „Sendschreiben nach Sibirien" für die verbannten Freunde anvertrauen, vor denen er sich seiner Tatenlosigkeit schämte. Da die Fürstin aber schon in der gleichen Nacht weiterreiste, schickte er es ihr nach.

> *„Tief in Sibiriens Schächten sollt*
> *Ihr stolz das schwere Schicksal tragen*

Denn nicht vergeht, was Ihr gewollt,
Nicht Eures Geistes hohes Wagen.

Des Unglücks milde Schwester trägt
Die Hoffnung in die nächt'gen Räume
Des Kerkers lichte Zukunftsträume,
Bis die ersehnte Stunde schlägt.

Durch alle festen Schlösser dringt
Die Lieb' und Freundschaft treuer Seelen,
So wie in Eure Marterhöhlen
Jetzt meine freie Stimme klingt.

Die Fesseln fallen Stück für Stück,
Die Mauern brechen. Freies Leben
Begrüßt Euch freudig, und es geben
Die Brüder Euch das Schwert zurück."

Diese Tat der Marija Wolkonskaja erregte großes Aufsehen. Elf andere Frauen folgten ihrem Beispiel, teilten Kerker und Verbannung mit ihren Männern. Sie leisteten ihren gefangenen Schicksalsgefährten nicht nur unschätzbare Hilfe, indem sie sie mit Kleidung und Essen versorgten und für sie den Kontakt zur Außenwelt aufrecht hielten. Ihre Tat, als Protest gegen die unmenschliche Herrschaft des Zaren und ebenso ihre liebende Hingabe für ihre Männer machten sie zu Märtyrerinnen, zu Heldinnen, denen die Dichter Denkmäler setzten und über die das Volk in seinen schwermütigen Liedern sang.

Genau das hatte der Zar verhindern wollen. Seine Majestät missbilligte es in scharfen Worten, dass die jungen adligen Frauen ihren Männern in die Hölle sibirischer Arbeitslager folgten.

Nach zwanzig Tagen ungeheuer mühseliger Reise mit schlechten Postpferden und betrunkenen Kutschern, belästigt von umherstreunenden Kosaken, kam die junge Frau in Irkutsk an. An den Zivilgouverneur von Irkutsk, dem Deutschen Zeidler, eigentlich ein herzensguter Mensch, war strenge Order ergangen, die Wolkonskaja zur Rückkehr nach Russlands Metropole zu überreden. Als Marija Wolkonskaja dennoch entschlossen war, ihrem Mann zum Blagodatsker Bergwerk im Bezirk Nertschinsk zu folgen, wurde ihr spärliches Gepäck durch ein Rudel von Beamten durchwühlt, die sich ein Spaß daraus machten, die Leibwäsche der jungen und nun rechtlosen Fürstin triumphierend in die Höhe zu halten. Danach musste die gedemütigte Frau ein Schriftstück unterschreiben. Ohne ein Blick auf das Dokument geworfen zu haben, unterzeichnete sie. Ihr alter Diener, der sie bis Irkutsk begleitet hatte, brach in Tränen und in Wehklagen aus: *„Meine Fürstin, was haben Sie bloß getan, lesen Sie doch, was von Ihnen verlangt wird!"*
Das Schriftstück hatte folgenden Wortlaut:

„Eine Frau, die ihrem Manne folgt und die eheliche Verbindung mit ihm aufrecht erhält, wird dadurch natürlicherweise seines Schicksals teilhaftig und verliert ihren bisherigen Stand, das heißt, sie wird von nun an als Ehefrau eines verbannten Zuchthäuslers behandelt. Damit nimmt sie alles auf sich, was eine solche Stellung an Belastungen mit sich bringt, denn auch die Obrigkeit ist dann außerstande, sie vor den eventuell stündlich eintretenden Beleidigungen von Leuten aus der verkommensten, verächtlichsten Klasse zu schützen, die sich dann sozusagen für berechtigt halten, die Frau eines Staatsverbrechers, die ihr Los teilt, als ihresgleichen zu behandeln.

Derlei Beleidigungen können unter Umständen sogar gewalttätiger Natur sein. Verstockte Verbrecher haben keinerlei Furcht vor Bestrafung. Kinder, die in Sibirien zur Welt kommen, werden als leibeigene, der Krone gehörige Bauern angesehen. Es ist nicht gestattet, Geldbeträge und Wertgegenstände mitzuführen. Das ist wider die Vorschrift und ist zur eigenen Sicherheit erforderlich, da die Örtlichkeit von Menschen bewohnt wird, die zu jeglichen Verbrechen fähig sind. Durch die Abreise ins Nertschinsker Gebiet erlischt das Recht auf Mitführung von Leibeigenen."

13

Nachdem ihr Gepäck peinlich durchsucht worden war, reiste die junge Frau nur in Begleitung eines freien Kosaken, die wegen ständiger Unruhen nach Transbaikalien versetzt war, über den zugefrorenen Baikal. Der Kosak war ein älterer Mann und hatte Mitleid mit der zarten, bildschönen Frau. Er sprach kein Wort mit ihr. Nur zu Anfang hatte er gesagt: *„Fräulein, nach Blagodatsk wollen Sie, dann beten Sie zu Gott. Das ist für Sie das Grab."*

Der grimmige Bargusin, vor dem sich die Zobel mit dem herrlichsten aller Felle zu schützen wissen, wehte ihnen schneidend ins Gesicht. Es war so kalt, dass der Wolkonskaja die Tränen auf den Wangen gefroren und der Atem mit einem leichten Knistern zu Eiskristallen erstarrte.

Sternengeflüster nennen es die naturverbundenen Jakuten, die hier am Südufer des Baikalsees wohnen. *„Was soll es"*, sagte der Kosak, *„w simnij cholod - wsakij molod"*. In Winterskälte bleibt man jung. Ein sibirisches Volkslied besingt die Flucht eines Verbannten über das sibirische Meer mitfühlend:

Herrlicher Baikal, du heiliges Meer,
Auf einer Lachstonne will ich dich zwingen!
Scharfer Nordost treibt die Wellen daher.
Rettung, sie muss mir gelingen.

Jahrelang schleppt ich die Kette am Bein,
fern in Sibiriens eiskalten Bergen.
Bis eines Tags es gelang zu befrein,
mich von den Ketten und Schergen.

Schilka und Nertschinsk, ihr nicht schreckt mich
mehr.
Tigern und Bären bin heil ich entgangen;
Nimmer noch traf mich des Jägers Gewehr.
Kosakenwacht, sie konnt mich nicht fangen.

Heimlich entwich ich in stockdunkler Nacht,
wochenlang musst ich die Taiga durchtraben,
Städte umging ich, das Bauernvolk bracht
Brot mir und andere Gaben.

Herrlicher Baikal, du heiliges Meer.
Auf einer Lachstonne will ich dich zwingen,
Spann meinen Kittel als Segel verquer,
Rettung, sie muss mir gelingen.

Nach Wochen der Entbehrung, abgemagert und
krank kam Marija Wolkonskaja „hinter dem
Meer" im Gefängnis des Blagodatsker Bergwer-
kes an, eines von zehn granitenen Gefängnissen, einer trübseligen, schmutzigen ehemaligen
Kaserne. Rings um den Ort hatten die Gefangenen alle Wälder im Umkreis von fünfzig Werst ro-
den müssen aus der Besorgnis, flüchtige Zucht-
häusler könnten sich darin verstecken. Ein

trostloser Anblick, dazu der Schnee wie ein Leichentuch und die schwarzen Kegel des tauben, aus der Tiefe geförderten Gesteins. Der Dichter Nekrassow schildert es in seinem Poem „Russische Frauen" eindrucksvoll:

Kein Baum, kein Strauch, nur Schnee, sonst nichts,
Soweit das Auge späht.
„Das ist die Tundra!" Schläfrig spricht's
Der Kutscher, der Burät.
Die Fürstin denkt: Unfassbar schier
Ist's, dass ein Mensch hier lebt.
Und doch ist's hier, wo blind vor Gier
Sibiriens Gold, man gräbt.
Im schwarzen Moor, tief im Morast
Der Ströme liegt's versteckt.
Sumpffieber hat Unzählige fast
Zu Boden hier gestreckt.
Tausende sind namenlos, hierher verbannt,
Im Bergwerksschacht verreckt!
Hat dich dazu, verfluchtes Land,
Der Kosak Jermak einst entdeckt?

Von einem Wachoffizier wurde Marija Wolkonskaja in den Verschlag geführt, wo ihr Mann mit zwei weiteren Dekabristen, Trubezkoi und Obolenski, zusammengepfercht war. Es war so dunkel, dass sich ihre Augen erst an das schwache Licht gewöhnen mussten. Sie hätte ihren Mann wohl kaum erkannt, wie er sich so eingefallen, blass, bärtig, kahl rasiert und zerlumpt aus dem schmutzigen Stroh erhob. Aber Sergej stürzte auf sie zu und das Gerassel seiner zehnpfündigen Fußfesseln ließen sie zurückschrecken. Sie sah in sein leidgeprüftes Gesicht, das von der Härte der Gefangenschaft und den unerträglichen Qualen gezeichnet war. Marija sank vor ihrem Mann in die Knie, in das stinkende Stroh und küsste erst seine Ketten und dann ihn.

Obwohl die Zellen seit Anfang Oktober geheizt wurden, war es kalt und feucht in dem Loch, weil die Aufseher das Brennholz stahlen. Weder Betten noch Decken standen den Gefangenen zu, die sich mit ihren von der Arbeit im Schacht zerschlissenen Pelzjoppen zudecken mussten. Der ganze Bau roch widerlich nach der berühmt berüchtigten Sträflingssuppe, der Ballanda. Sie war das reinste Spüllicht. Ein wenig Kohl, Grütze, mit schmutzigen Kartoffeln, versetzt mit Schaben und kaum Brühe, denn das Fleisch wurde noch halbgar aus dem Kessel gefischt, damit es beim Zerteilen in Portionen nicht zerfiel.

Das einfache Volk, vor dem die Frauen der Dekabristen so eindringlich gewarnt worden waren, das angeblich weder Ehre noch Gewissen hatte, es behandelte die „feinen Fräuleins" mit Respekt und Liebe. Den fürstlichen Arbeitssklaven versuchten sie, das ungewohnte Leben zu erleichtern und erboten sich, ihre Tagesnormen von drei Pud (*1 Pud - 16,38 kg*) Silbererz zu übernehmen. *„Es macht uns nichts aus, Euer Hochwohlgeboren, wir sind als Arbeitsvieh Plackerei gewöhnt",* sagten diese ‚Verbrecher' hochherzig. Die zur Zwangsarbeit verurteilten Kriminellen wurden ansonsten verächtlich Kobylka, sibirisch für Heuschrecke, genannt. Heuschrecken mit mehr menschlichen Regungen als die so genannten bessere Gesellschaft. Die Verworfenen und Ausgestoßenen begegneten in Sibirien den Streitern gegen die Zarenwillkür mit Respekt und einer geradezu kindlichen Verehrung.

Und so war es selbstverständlich, dass die zarte aber tatkräftige Marija Wolkonskaja sich nicht nur für die gefangenen Adelsrevolutionäre, sondern auch für die ortsansässige Bevölkerung einsetzte. Sie unterrichtete die Bauernkinder im Lesen, Schreiben, Sticken und Singen. Außerdem heilte sie die oft grässlichen Wunden der verunglückten Sträflinge, denn der dem Gefängnis zugeteilte Arzt war nur ein Medizinstudent, der sich mit Methylalkohol um den Verstand gesoffen hatte. Die Fürstin ließ sich bei einem approbierten Arzt, einem waschechten Sibirier, in einem nahen Dorf ausbilden. Dafür half sie ihm in den

Sprechstunden, beim Sammeln der Kräuter und bei der Herstellung der Medikamente.

Die Fürstin Marija Wolkonskaja wurde so eine Heilige. Der Ruf ihrer Heilkunst drang durch die triste, unwirtliche Gegend, in welcher Typhus und Schwindsucht, Syphilis und andere Seuchen grassierten. Schlicht gekleidet ging sie in die Siedlungen, heilte Säuglinge mit blau angelaufenen Bäuchen, Waldarbeiter mit grindigen Geschwülsten und half Kindern in dieses entbehrungsreiche Leben.

Der Dichter Nekrassow hörte von dieser hochherzigen Frau und widmete ihr und ihren Gefährtinnen sein Poem „Russische Frauen", das weltberühmt wurde. Die Dekabristen und ihre Frauen brachten damals in diesem, fernen, kaum entwickelten Teil der Welt als Sträflinge Kultur, Bildung und medizinische Versorgung und stehen dafür noch heute in Sibirien in hohem Ansehen.

Neunundzwanzig Jahre lebte Marija Wolkonskaja in der Nähe ihres Mannes in Nertschinsk, Tschita, in Urik und ab 1837 in Irkutsk, wo sie ein Waisenhaus gründete.

1855 starb Nikolaus I. Sein Sohn, Zar Alexander II. folgte ihm auf den Thron. Die folgende Amnestie ermöglichte der Familie Wolkonskij die Rückkehr in die Heimat. Von den 121 verbannten

Dekabristen waren nur noch fünfzig am Leben. Die einen starben in der Gefangenschaft, in Einzelhaft und andere wurden bei Fluchtversuchen erschossen. 1863 starb Marija Wolkonskaja an einem Herzleiden, das sie sich in Sibirien zugezogen hatte.

Im Dekabristenmuseum in Irkutsk habe ich lange vor dem Porträt der Marija Wolkoskaja gestanden und wusste nicht, was mich mehr beeindruckte: ihre Schönheit oder das schlichte Heldentum einer liebenden Frau. Und mir kamen Dostojewskis Worte aus dem Roman „Der Idiot" in den Sinn: *„Красота спасёт мир."* Die Schönheit wird die Welt retten! Eine schöne Utopie!

Übrigens haben die Witwe und die Töchter von Nikolaus I., der auch wegen seiner despotischen Herrschaft als Prügelzar in die Geschichte einging, 1859 auf dem Isaakplatz in St. Petersburg ein Denkmal errichten lassen. Es ist statisch hoch interessant, weil das schwere Reitermonument nur auf zwei Punkten ruht, den Hinterläufen des Pferdes.

Was das künstlerische anbelangt, so hat der renommierte Bildhauer Baron Peter Clodt - Пётр Клодт, der übrigens von Nikolaus I. geschätzt und protegiert wurde, ein satirisches Meisterwerk geschaffen. Die Zarenwitwe Alexandra Fjodorowna, die einstige Prinzessin Frederike Luise

Charlotte von Preußen, hatte ein glorifizierendes Monument bestellt. Aber der übertriebene Prunk des mit einem Adlerhelm geschmückten Monarchen dokumentiert nur den Hochmut, die Gefühllosigkeit und die Vorliebe zu theatralischen Posen des Gendarmenzaren, von dem Zeitzeugen sagen, dass er ein sturer Esel gewesen sei. Für die vier allegorischen sitzenden Gestalten an den Ecken des mächtigen Marmorsockels, der das Reiterstandbild trägt und die vom Bildhauer Saleman geschaffenen wurden, haben die Gesichter der Zarin und ihrer drei Töchter Maria, Olga und Alexandra als Vorlage gedient. Doch weil die bronzenen Frauengestalten Glaube, Weisheit, Gerechtigkeit und Stärke verkörpern sollten, haben das die Petersburger als glatte Ironie empfunden und sahen es mit großem Vergnügen, wenn ein reinrassiger Barsoi am Denkmal seine Bein hob und den Sockel feucht markierte.

Was übrigens Baron Peter Clodt, den Schöpfer des Denkmals betrifft, so hatte der einstige Artillerie-Offizier eine so fantastische Meisterschaft entwickelt, Pferde darzustellen, dass der Zar beeindruckt war und ausgerufen haben soll, dass dieser Teufelskerl Clodt *„...edlere Pferde schüfe, als jeder preisgekrönte Hengst aus den kaiserlichen Ställen".*

21

Dass das nicht übertrieben war, davon können sich Petersburgreisende überzeugen, wenn sie den Newski-Prospekt bis zur Anitschkow-Brücke entlang spazieren und die wohl bekanntesten Pferdeskulpturen, die Rossebändiger, auf der malerischen Brücke über die Fontanka betrachten, eines der beliebtesten Fotomotive der Stadt an der Newa. Kopien dieser beeindruckenden Plastiken hatten auch 1844 vor dem Berliner Stadtschloss einen würdigen Platz gefunden, ein russisches Geschenk für den Preußenkönig Friedrich Wilhelm IV. Sie stehen heute im Berliner Kleist-Park. Auch der König von Neapel bekam 1846 Kopien der *Rossebändiger*, die seitdem die Nordostecke des Palazzo Reale schmücken.

Der Engel mit dem Gesicht von Zar Alexander I.

Ein junger Bräutigam trägt schwitzend seine Braut um die mächtige rote Granitsäule auf dem Palastplatz. Es warm, denn es ist Sommer und die Sonne geht in den Weißen Nächten nur für wenige Stunden unter, die beliebteste Zeit für Hochzeiten und für die Liebe überhaupt in St. Petersburg. Niemand kann sich mehr daran erinnern oder Auskunft geben, aber irgendwann ist in der Newastadt der Glaube an die Wunderkraft der Alexandersäule - Александрийский столб - aufgekommen. Und wie oft der frisch Vermählte am Hochzeitstag seine junge Frau um die Säule schleppt, soviel Kinder werden in dieser Ehe geboren, heißt es. Dabei hatte doch Lew Tolstoi gesagt, dass Aberglauben - суеверие - bestimmte Formen hervorbringt, die für bestimmte Personen in bestimmten Situation angenehm sind.

Die Alexandersäule ist der Mittelpunkt des legendären Palastplatzes, über dem die roten Matrosen ungeachtet der Salven des zarentreuen Frauenbataillons gestürmt sind, um in den Winterpalast einzunehmen. Heute geht es hier friedlich zu, Touristen aus aller Herren Länder bevölkern den Platz. Komparsen, als Peter I. und Katharina II. gekleidet, lassen sich für einen kleinen Obolus fotografieren und immer wieder spuckt die Eremitage Besucher aus, heraus aus dem Tor mit dem goldenen Zarenadler, das in vielen Revolutionsfilmen eine Hauptrolle spielte. Und immer wieder legen die Menschen auf dem Platz den Kopf in den Nacken und spähen hinauf zu dem goldenen Engel auf der 47,5 Meter hohen Granitsäule, von dem es heißt, dass er nicht zufällig dem Mann ähnelt, dem diese höchste monolithe Säule der Welt gewidmet ist, Zar Alexander I. Mit diesem Monument sollte dem Sieg über das Napoleonische Frankreich 1812/13 ein würdiges Denkmal gesetzt werden und dem damals regierenden Zaren gleich mit.

Nikolai I. gab den Auftrag an den in Frankreich geborenen und nun in russischen Diensten stehenden Architekten Auguste Montferrand. Dabei entbehrtes nicht einer gewissen Pikanterie, dass gerade er den Auftrag erhielt, war der Franzose doch mit Napoleons Tross nach Russland gekommen. Schon 1814 unterbreitete er Zar Alexander I. Entwürfe für Bauwerke, die das Wohlwollen des Monarchen fanden, der dem Architekten zusicherte, er könne so lange in St. Petersburg bleiben, wie er wollte.

Hier gewann der Architekt, der sich inzwischen für immer in der russischen Residenz nieder gelassen hatte, mit seinem Entwurf den Wettbewerb um die Isaakkathedrale - Исаáкиевский собор - , deren goldene Kuppel heute die City von St. Petersburg überstrahlt. Persönlich überwachte und leitete der Architekt die vierzig Jahre andauernden Bauarbeiten der mächtigsten orthodoxen Kirche der Welt, die Russlands Größe als neue europäische Macht symbolisieren sollte. Viele der über eine halbe Million am Bau beteiligten Leibeigenen starben infolge unmenschliche Frohn, wurden von Steinen erschlagen, stürzten von Gerüsten oder vergifteten sich als Vergolder.

Zwei Jahre vor Fertigstellung dieses einzigartigen Salkralbauwerkes, der Kathedrale des Heiligen Isaak von Dalmatien, wie das Gotteshaus offiziell heißt, heiratete der mit Orden und Zarengeschenken ausgezeichnete fünfzigjährige Auguste Montferrand das Fräulein Véronique Piq und baute sich am Kai der Moika Nr. 86 nach eigenen Plänen ein Stadthaus, mehr einen kleinen Palast in unmittelbarer Nachbarschaft zum Sommergarten.

Der Petersburger Stadthistoriker Naum Sindalowski berichtet darüber, dass Montferrands Neider behaupteten, man habe die Säule allein deshalb nur aus rotem Granit bauen müssen, weil der Architekt am eigenen Haus an der Moika sämtlichen verfügbaren Marmor verbaut habe.

Montferrand hatte neben der Isaakkathedrale nämlich noch ein anderes Bauwerk zu errichten, die Alexandersäule. Dazu wurde im Steinbruch Virolathi bei Wyborg ein riesiger Block aus den dort vorkommenden roten Rapakivi-Granit geschlagen und auf einem speziell dazu angefertigten Frachtkahn, den zwei Kriegsschiffe zogen, 1832 nach St. Petersburg gebracht. Schon während dieser mehrwöchigen Reise wurde der Monolith schon von Steinmetzen bearbeitet und war dann noch 25,45 Meter lang und hatte einen Durchmesser von dreieinhalb Metern. Auf dem

Schlossplatz wurde die Säule dann fertig bearbeitet, während der Untergrund auf dem sumpfigen Petersburger Grund vorbereitete wurde. Auf 1250 Eichenpfählen von sechs Metern Länge, die in den Boden gerammt wurden, ruht das Podest. Die Säule selbst aber steht ohne jegliche zusätzliche Befestigung allein dank ihres Gewichts von sechshundert Tonnen und ihrer genauen Ausbalancierung.

Diese monströse Säule wurde ohne Hilfe moderner Kräne nur mit Muskelkraft und Seilzügen in sage und schreibe einer Stunde und fünfundvierzig Minuten von 3000 Männern, darunter 1440 Soldaten und 300 Matrosen unter Leitung des schottischen Ingenieurs Handyside aufgestellt und am 30. August 1834 wurde das Monument, das größte seiner Art in der Welt, mit einer Parade der Garden eingeweiht.

Die Säule ziert ein Engel mit einem Kreuz in den Händen, mit dem er eine Schlage tötet und ragt mit dem schmückenden Podest insgesamt 47,5 Meter in den Himmel. Die allegorische Skulptur des Himmelsboten soll darstellen, wie Güte und Edelmut mit dem rechten Glauben Boshaftigkeit und Hinterhältigkeit besiegen. Der Engel ist ein Werk des russischen Bildhauers Boris Orlowsky - Борис Орловский - , der drei Jahre nach der Errichtung der Säule mit nur 41 Jahren starb.

Dieser Bildhauer, der mehrere bedeutende Denkmäler in der Newastadt geschaffen hatte, wurde in einer Bauernfamilie in Tula als Leibeigener geboren. Sein Gutsherr erkannte das künstlerische Talent des jungen Mannes, gab ihm den Freibrief und schickte ihn auf die Kaiserliche Akademie der Künste nach St. Petersburg. Nach erfolgreichem Abschluss des sechsjährigen Studiums arbeitete Boris Orlowsky in Italien unter Bertel Thorwaldsen und kehrte dann an die Akademie zurück, wo er als Professor die Bildhauerklasse leitete. Neben dem Engel auf dem Schlossplatz schuf der aus den rechtlosen Stand eines Leibeigenen zu hohen Ehren gekommene Künstler bedeutende Standbilder der beiden Napoleonbezwinger Kutusow und Barclay de Tolly.

Was aber den Engel und die Ähnlichkeit seines Gesichts mit dem Zügen des Imperators Alexander I. betrifft, so sagte der stadtbekannte Aristokrat Zisianow, dass man anstelle des Engels besser Zar Alexander selbst dargestellt hätte, der Napoleon am Schopf packt.

Richard de Montferrand, der Schöpfer der Alexandersäle, sah seine Heimat lebend nicht wieder. Er starb 1858 an einer Lungenentzündung in St. Petersburg. Der Sterbende hatte den Wunsch geäußert, in seinem Lebenswerk, der Isaakkathedrale beigesetzt zu werden. Da er zwar wie ein Russe gelebt hatte, aber Katholik geblieben war, konnte ihm dieser Wunsch im orthodoxen Gotteshaus nicht erfüllt werden. Er wurde dennoch gewürdigt, denn der Trauerzug mit dem Verstorbenen umrundete die St. Katharinenkirche, in der die Trauerfeierlichkeiten abgehalten wurde und führte dann zu seinem Meisterwerk, der Kathedrale des Heiligen Isaak von Dalmatien. Am 9. November 1858 wurde sein Leichnam nach Paris überführt und auf dem Friedhof Montmartre beigesetzt.

Wenn man lange zu dem Engel auf der Alexandersäule hinauf blickt und Wolken ziehen wie Schiffe schnell vom Finnischen Meerbusen ins Land, so kommt es einem vor, als schwanke die mächtige Säule. So erging es auch lange Zeit den Petersburgern, die nach dem Aufstellen jeden Tag ein Umfallen des gigantischen Monuments befürchteten. Sie machten stets einen großen Bogen um das Denkmal. Von einer Gräfin Tolstaja ist überliefert, dass sie ihrem Kutscher zeitlebens verbot, zu nahe an der Alexandersäule vorbei zu fahren.

Übrigens lernte der schwere Bronzeengel sogar noch das Fliegen. Denn als am Vorabend des 300. Gründungsjubiläums der Stadt Peters die Alexandersäule, die heute zum Ensemble der Eremitage gehört, wie übrigens viele innerstädtischen Paläste, für das Fest mit den erwarteten hochrangigen ausländischen Staatsgästen restauriert wurde, schwebte der himmlische Bote unter einem Hubschrauber in die Werkstatt.

Es soll in der Sowjetunion, ein Jahr vor Stalins Tod sogar geheime Pläne gegeben haben, die erst in jüngster Zeit bekannt wurden, den Engel durch die Figur des Väterchen Stalin zu ersetzen. Zum Glück wurde dieses schwachsinnige Vorhaben nicht durchgeführt.

Repinschüler und Hofmaler des roten Kreml

Sein wohl berühmtestes Werk ist zweifelsohne „Lenin im Smolny", das der siebenundfünfzigjährige Isaak Brodsky - Исаак Израилевич Бродский - 1930, also lange nach dem Tod des Vordenkers der russischen Revolution gemalt hat. Das ist kein Bild der Heldenverehrung oder Mustergemälde des sozialistischen Realismus. Lenin zutiefst menschlich abgebildet, sitzt in einem kleinen Raum im Smolny - Смольный институт - in St. Petersburg, der einstigen von Katharina II. gegründeten Bildungsanstalt für adlige Mädchen. Die Töchter aus den Fürstenhäusern sollten hier auf das Leben in der höheren Gesellschaft als

Hofdame vorbereitet werden, wozu sie hauptsächlich Fremdsprachen und gutes Benehmen erlernten. Das Institut war die älteste Bildungseinrichtung für Frauen in Russland und stand bis zum Jahre 1917 stets unter dem persönlichem Schutz der Zarinnen.

Dann nahm der Petrograder Sowjet das prunkvolle Gebäude an der Newabiegung im Norden der Stadt als Tagungsstätte in Besitz und hier wurde die Oktoberrevolution von Lenin und seinen Mitstreitern geplant.

Alles deutet auf dem Bild Brodskis auf die ehemalige Funktion des Palastes hin. Die Ausstattung des Zimmers ist kühl und aufgeräumt, als hätte eine junge Dame gerade das ehemalige Adelsinstitut verlassen. Die Polstermöbel sind in einem strengen Weiß abgedeckt. Wladimir Iljitsch Lenin sitzt am runden Tisch, auf dem Zeitungen liegen. Der Revolutionsführer sieht müde und angespannt aus, angestrengt und dennoch konzentriert in den ersten so ereignisreichen Oktobertagen. Auf seinen Knien ein Notizbuch, in der er irgend etwas schnell einträgt, um es nicht zu vergessen. Vielleicht der Gedanke für eine Rede, vielleicht der Appell an die Petrograder oder aber für ein Dekret der neuen Regierung, dem Rat der Volkskommissare.

Es war in der Biografie des Malers, der 1905 bis 1907 Meisterschüler bei Russlands erstem Maler Ilja Repin war, nicht vorauszusehen, dass er einmal mit Leninbilder in die Geschichte der Malerei eingehen würde. Ilja Repin war kein unpolitischer Mensch, der die demokratische Intelligenz Russlands nicht nur malte, sondern sie auch nach Kräften unterstützte, aber seine schärfste Waffe in seinen Gemälden sah. Er malte Porträts von Zaren und rote Fahnen über Demonstrationen, er karikierte in dem Monumentalgemälde der Festsetzung des Staatsrates schonungslos reaktionäre Politiker wie den reaktionären Oberprokurator des Heiligen Synods Pobedonoszew und er war eng mit Maxim Gorki befreundet. Repin förderte den jungen Brodsky, kam der doch wie er selbst auch aus Russlands Süden, aus Berdjansk, einer verträumten Hafenstadt am Asowschen Meer und der Akademieprofessor erkannte das Talent des jüdischen Malers.

Brodsky sagte, dass sein Lehrer ihm nicht nur das künstlerische Handwerk lehrte, *„...ich nahm seine Einstellung zu Kunst, Liebe und ernsthafte Herangehensweise an die Kunst als die Ursache des Lebens."*

Während der ersten russischen Revolution 1905 gegen die zaristische Selbstherrschaft der Romanows versammelten sich auch die

Kunststudenten der Kaiserlichen Akademie unter einer roten Fahne und forderten demokratische Strukturen und Mitsprache über Inhalte und Gestaltung des Lehrbetriebes.

Brodsky wurde dafür in der Rat der Ältesten gewählt und deshalb von der Leitung der Hochschule ohne viel Federlesen exmatrikuliert, weil er unzuverlässig sei. Der damals schon weltberühmte Repin sympathisierte mit den Studenten und den Revolutionären und schrieb in einem Brief: *„Es ist unmöglich, dass der europäisch gebildete Mensch aufrichtig hinter dieser lächerlichen Selbstherrschaft steht, die in unserem komplizierten Leben ihren ganzen Sinn verloren hat. Diese vorsintflutliche Regierungsform ist nur noch für primitive, kulturlose Völkerstämme geeignet."* Gegenüber Lew Tolstoi äußerte er sich ähnlich in einem Schreiben.

Nachdem dieses erste revolutionäre Aufbegehren brutal niedergeschlagen war, bat nun Isaak Brodsky um die Wiederaufnahme in die Akademie. Das Gesuch wurde abgelehnt und erst die Fürsprache Repins, dem man anbot, wieder als Professor an der Akademie zu lehren, nahm man Isaak Brodsky unter Auflagen wieder auf. Repin, der in dem jungen Isaak Brodsky einen neuen Raffael sah, war fest entschlossen, das

Lehrangebot abzulehnen, aber er erhielt solch ein Flut von Briefen von Studenten, viele sprachen selbst bei ihm vor, dass er schließlich das Angebot annahm, um wenigstens an der Kunstakademie in St. Petersburg mit seinem Einfluss etwas zu ändern.

Aber zurück zu Brodsky, der ein Weggefährte, ja Freund von Malewitsch und Kadinsky war, die heute noch weltberühmt sind, wogegen Isaak Brodsky außerhalb Russlands vergessen, ja weitgehend unbekannt ist. Das liegt nicht an seinen Fähigkeiten als Künstler. Schon als Fünfjähriger in einer bürgerlichen jüdischen Familie wollte er immer nur zeichnen und hatte bald den Traum, einer der besten Künstler seines Landes zu werden. Er zeichnete alles, was er um sich herum sah. Es war diese Art von Leidenschaft, die lange Zeit zuvor schon den jungen Leonardo ergriffen hatte, der Notar werden sollte, doch der Vater erkannte das Feuer, das in seinem unehelichen Sohn brannte und schickte ihn in Werkstatt Verrocchio. So verstrickt das Schicksal seine Maschen und Menschen und nur dank eines klugen und weitsichtigen Vaters können wir heute im Pariser Louvre die Mona Lisa bewundern, obwohl ich fest davon überzeugt bin, dass ich dort nur eine Kopie des weltberühmten

Frauenbildnisses mit dem geheimnisumwitterten Lächeln gesehen habe.

Und Isaaks Eltern förderten den Wunsch ihres Sohnes und schickten ihn für sechs Jahre auf die Kunstschule in Odessa zu guten Lehrern, die jedoch nicht über die Grenzen ihres Wirkens hinaus bekannt waren. Die Stadt Odessa war zu jener Zeit eine der aufstrebendsten Städte am Schwarzen Meer, mit europäischem Flair und russischem Stil. Ein pulsierender Ort, in dem riesige Vermögen gemacht wurden, die ebenso schnell verspielt, durchgeprasst oder verspekuliert wurden. Seine einstige Pracht und Größe spiegelt heute noch das Opernhaus wieder, das sich vom Hafen kommend in den meist blauen Himmel erhebt, wenn man die berühmte Treppe aus Eisensteins Film „Panzerkreuzer Potemkin" emporsteigt.

Den jungen Brodsky könnte man mit einem Schwamm vergleichen, der als Student das Leben um sich herum förmlich aufsog. Seine Lehrer waren nicht den strengen Regeln der Petersburger Akademie unterworfen und zudem angeregt von der westlichen Malerei der Impressionisten. Sie übten so starken Einfluss auf Brodsky auf, was die Interpretation von Schönheit betraf, die Bildkomposition und die Wahl der Farben. Alles, was sich in seinen späteren Landschaftsbildern widerspiegelt, ob „Nach dem Regen" oder „Goldener Herbst", seine Winterlandschaften und immer wieder „Neumond", „Stadt bei Nacht" oder „Feuerwerk".

Die ukrainischen Künstler, die näher an Europa waren als ihre russischen Kollegen, wünschten und bemühten sich zum größten Teil um Ansehen in Europa, während die Wanderaussteller Moskaus und St. Petersburgs ihre Bilder ausschließlich in den Städten der Heimat ausstellten. Und so hielten die Lehrer in Odessa die Studenten dazu an, besonders die italienischen alten Meister zu kopieren.

Um ihre Lehrmethoden zu verfeinern, lud die Kunstschule von Odessa auch einmal den italienischen Künstler Luigi Iorini ein. Von dem ist überliefert, dass er seine Schüler damit quälte, ein Hühnerei zu zeichnen. Radiergummis waren streng verboten und unvollkommene Zeichnungen wurde rigoros zerrissen. So saßen einige Schüler sogar einen Monat an einer perfekten Kopie eines Hühnereis. Iorini wollte damit den Schülern zeigen, wie schwer es ist, perfekt zu kopieren und erreichen, dass sie richtig zeichnen lernten, bevor sie zu malen beginnen.

Der Maler Lodyzhensky an der Schule war ein König der Aquarellmaler, der reine Farben in auffallendem Kombinationen bevorzugte. Der andere Lehrer Brodskys, Kostandi, liebte das Mischen von Farben und weiche Kontraste, spielte mit Licht und Schatten so samten, dass er zu den Impressionisten gezählt werden könnte. Er wollte Emotionen im Betrachter hervorrufen. Und opferte dennoch nie ein Detail, um Kontraste zu schärfen.

Diese fotografischen Liebe zum Detail war bald auch in den ersten Arbeiten Brodsky zu sehen. Und noch etwas war an diesem Kostandi: er liebte es, einfache Leute zu malen, ihr Leben, ihre Schmerzen und Freuden, womit er eine gewisse psychologische Tiefe in seine Bilder brachte.

1902 schloss Isaak Brodsky die Kunstschule in Odessa mit ausgezeichnetem Diplom ab und bewarb sich sofort an der Kaiserlichen Akademie der Schönen Künste in St. Petersburg. Das war nicht ganz einfach als Jude, denn zu dieser Zeit wirkten noch immer die diskriminierenden Gesetze des Zaren Alexander III., die Russen jüdischen Glaubens geboten, nur in ausgewiesen Gebieten zu leben und ihnen den Zugang zu den Universitäten erschwerten. Die Hürden schienen unüberwindlich. Doch die Prüfer erkannten in den vorgelegten Arbeiten das seltene und außergewöhnliche Talent des achtzehnjährigen Brodsky, der die Aufnahmeprüfungen glänzend bestand und ließen ihn zum Studium zu.

Dort versprach er unter den besonderen Förderung des inzwischen in Inn- und Ausland ausgezeichneten Realisten Ilja Repin ein herausragender Landschaftsmaler zu werden und sich einzureihen in die Meistergarde der russischen Paysagisten Iwanow, Kuindshi, Schischkin und Lewitan. Schon das 1908 gemalte Bild seiner Frau Lubow Brodskaya auf der Terrasse vor einem marmornen Löwen mit ein paar Blumen in der Hand erinnerte an die Detailtreue seiner Odessaer Lehrer und zeigte zugleich den großen Einfluss Repins auf das Frühschaffen sowie eine unverkennbare Begabung für Porträts.

Ja Brodsky war so kühn, ein Porträt seines von ihm vergötterten Lehrers zu malen, das zu den ehrlichsten von diesem Ausnahmemaler gehört und von Repin selbst, der damals schon in Kuokkala wohnte, eine hohe Wertschätzung bekam. Im Gegenzug hatte Ilja Repin Brodsky gemalt, allerdings mit Hut, so dass dessen Markenzeichen, der Mittelscheitel, den der Maler stets trug, nicht zu sehen ist.

Die Treffen des Schülers, nun schon selbst ein Meister, und seines Lehrers wurde dadurch seltener, auch wenn ihre freundschaftliche Verbindung nie abriss, dass Repin nicht mehr an der Akademie lehrte und sein Penaten in Kuokkala kaum noch verließ.

Der Erste Weltkrieg verschlimmerte das antisemitische Klima in Russland, weil den Juden unterstellt wurde, Sympathisanten des deutschen Gegners zu sein und mitschuldig an der beginnenden Selbstzerstörung des Russischen Reiches, die mit den Niederlagen an der Front und dem Erstarken der revolutionären Strömungen im Lande immer spürbarer wurde. Isaak Brodsky schloss sich in dieser Zeit der von Natan Altman gegründeten „Jüdischen Gesellschaft zur Förderung der Künste" an - Еврейского общества поощрения художеств - und hatte als Maler Erfolge. So malte er unter anderem auch ein beachtliches Porträt von Alexander Kerenski, der vom Dumaabgeordneten zum Chef der Provisorischen Regierung nach Abdankung von Zar Nikolaus II. aufstieg.

Die Februarrevolution 1917 war ein Wendepunkt im Leben von Isaak Brodsky. Nicht nur, dass die Juden plötzlich, jedenfalls offiziell, gleichberechtigte Sowjetbürger waren, so lange sie dem Staat dienten. Die Schaffung einer eigenen autonomen jüdischen Republik hielt Lenin aber schlicht für reaktionär. Ausgerechnet Lenin, der selbst jüdische Wurzeln hatte und der zum Lieblingsmodel von Isaak Brodsky wurde. Die aufkommende Leninverehrung in der bildenden und darstellenden

Kunst nahm beinahe groteske Züge an und wird als sowjetische „Leniniana" bezeichnet.

Aber zurück zu der Behauptung, dass Lenin, was ja einige schon immer wissen wollten, jüdische Wurzeln hatte. Der Chicagoer Historiker Petrovsky-Shtern enthüllte das in der Sowjetunion streng gehütete Geheimnis. Natürlich ist es für den Gang der Geschichte völlig unwichtig, welche Vorfahren Wladimir Iljitsch Lenin gehabt hatte, aber es gibt antisemitische Verfechter von Verschwörungstheorien über den jüdischen Charakter der Weltrevolution.

Lenins Urgroßvater war Moschko Blank, eine schillernde Figur, die schon für sich Stoff für ein Buch hergeben würde. Dieser Blank lebte im kleinen ukrainischen Schtetl, wie die Juden sagen, Starokonstantinow, verpachtete Felder, kaufte landwirtschaftliche Produkte auf, die er dann in einem kleinen Laden weiterverkaufte, wo es Wein und Wodka gab. 1803 klagte ihn die jüdische Gemeinde an, er hätte Kunden betrogen und Stroh gestohlen. Noch schlimmer war der Vorwurf, er hätte die Feiertage entehrt, weil er am Pessach-Fest statt des erlaubten Fruchtwodkas richtigen, nämlich aus Getreide gebrannten Wodka verkauft hätte, an einem Feiertag, wo gesäuertes Brot und alles gegärte Getreide, strikt verboten ist.

Auch nach seinem Umzug in die Provinzstadt Schitomir legte sich Moschko Blank weiter mit Nachbarn, mit Geschäftspartnern und der jüdischen Gemeinde an, brachte sogar einen Sohn im Streit ins Gefängnis und verlor bald sein bescheidenes Vermögen. Er war also beileibe kein angenehmer Zeitgenosse oder orthodoxer Jude, im Gegenteil, er entfremdete sich immer mehr von seinen Glaubensbrüdern und trat 1844 nach dem Tod seiner Frau zum russisch-orthodoxen Glauben über. Fortan hieß er Dmitri Iwanowitsch Blank. Seine beiden Söhne Abel und Israel hatten diesen Schritt schon lange getan, um überhaupt als Alexander und Dmitri in St. Petersburg zum Studium der Medizin zugelassen zu werden. Die Tochter, Maria Alexandrowna Blank heiratete 1863 einen Ilja Uljanow und ein Jahr später wurde Lenins älteste Schwester Anna geboren.

Lenin sah seinen Großvater Dr. Alexander Blank als er gerade einmal zwei Monate alt war und es gab für den erwachsenen Wladimir Uljanow, der sich später Lenin nannte, in den Dokumenten keinen Hinweis darauf, dass sein Großvater bis der junge Uljanow sechzehn war, der jüdischen Gemeinschaft angehörte.

Das ganze wurde aufgedeckt, als Lenins älteste Schwester Anna recht akribisch nach dem Tod des Bruders 1924 Material für seine Biographie zusammentrug. Sie erklärte, dass der letzte Anstoß für Lenins unversöhnlichen revolutionären Weg die Hinrichtung ihres Bruders Alexander als Zarenattentäter war: *„Alexander Iljitsch starb als Held, sein Blut leuchtete wie die Röte eines revolutionären Brandes über den Weg seines ihm nachfolgenden Bruders Wladimir."*

Anna Jelisarowa, sie hatte den Volkskommissar für Eisenbahnwesen Jelisarow geheiratet, entdeckte überrascht ihren jüdischen Urgroßvater Moschko Blank. Die wahrheitsliebende Frau wollte das in die Biografie aufnehmen, stieß jedoch bei der Parteiführung der Kommunistische Partei Russlands (Bolschewiki) auf Widerstände, ihren Fund zu veröffentlichen. Zunächst lehnte der Direktor des Instituts für Parteigeschichte, Lew Kamenew, eine Veröffentlichung sicher nicht ohne Rücksprache mit Stalin ab. Sie wandte sich daraufhin persönlich an Lenins politischen Erben und versuchte ihn mit dem Argument zu überzeugen, dass die Entdeckung dem um sich greifenden Antisemitismus Einhalt gebieten könnte. Stalin blieb hart wie Granit, das Archivmaterial wurde beseitigt. Die Parteiführung der KPR befürchtete, dass die Theorie von der jüdischen Weltverschwörung neue Nahrung bekäme, wenn neben Trotzki, Kamenew und Sinowiew auch Lenins jüdische Wurzeln bekannt würden.

Auch Brodsky ahnte nicht, dass sein Idol Lenin diese Vorfahren hatte, sah aber in ihm so etwas wie den Lenker auch seines persönlichen Schicksals, das ihn nach der Oktoberrevolution zu einem der bekanntesten Maler seines Landes machte. Als er 1922 auf die Idee kam, Bilder von Lenin zu malen, war er sich klar darüber, dass so ein Gemälde eine ehrenvolle Arbeit ist, ein Zeitdokument für die Nation, ja für die ganze Menschheit. Brodsky traute sich zu, über die künstlerischen Mittel zu verfügen, aber neben der fachlichen Kompetenz, brauchte es auch die künstlerische und gesellschaftliche Autorität. Vor allem aber die Zustimmung der engsten Kampfgefährten Lenins. Anatoli Lunatscharski - Анатолий Васильевич Луначарский -, nun der erste Kommissar der jungen Sowjetrepublik für Volksbildung und Kunst, gab Brodsky die Genehmigung, Gemälde von Lenin in seinem Büro und in der Natur zu malen, weil dieser Isaak Brodsky „ethisch und politisch sehr zuverlässig" sei und seine Biografie keine Auffälligkeiten aufwies, außer der, die für ihn sprach, dass er ein Meisterschüler und Freund Ilja Repins war, den der kunstverständige Lunatscharski verehrte.

So entstanden die Werke „Lenin mit dem Kreml im Hintergrund" 1923, dann das monumentale Gruppenporträt „Eröffnung der

II. Kommunistischen Internationale" 1924, das eigentlich ein vielfaches, meisterliches Einzelporträt war. Hunderte von Porträtskizzen der führenden Persönlichkeiten der internationalen Arbeiter- und kommunistischen Bewegung hat der Künstler dazu angefertigt, Grafiken, die heute eine unschätzbare historische und künstlerische Fundgrube darstellen. In seinem schaffensreichsten Jahr 1925 wieder ein gewaltiges Bild von Format und Inhalt: „Die Erschießung der 26 Bakuer Kommissare", dann „Lenin auf einer Tribüne" und „Lenin vor dem Smolny".

Wenig später auch Porträts von Stalin, Frunse und Woroschilow, aber immer wieder auch Lenin. Das Parteiorgan „Prawda" feierte ihn als *einen herausragenden Meister der Gruppen- und Einzelporträts"* feierte. So wurde er Jahr um Jahr immer mehr zum Hofmaler des Kreml. Seine Gemälde bekamen Ehrenplätze in den Museen der Sowjetunion und bei internationalen Expositionen. 1937 auf der Internationalen Ausstellung in Paris schmückte Brodskys Gemälde „Lenin spricht vor den Arbeitern der Putilow-Werke" den sowjetischen Pavillon. So blieb es nicht aus, dass Isaak Bronsky 1934 als Künstler nun Direktor der Leningrader Kunstakademie wurde, an seiner alten Bildungsstätte, wo er als Student Meisterschüler bei Ilja Repin war. Übrigens war

Brodsky der erste Sowjetbürger, der mit dem Le-
ninorden ausgezeichnet wurde, welcher Künstler
sonst hätte diesen dem Revolutionsvordenker
gewidmeten Orden auch verdient?

Auch wenn Brodskys Bilder, besonders „Lenin
im Smolny" die Geschichtsbücher, Internetseiten
und Dokumentationen in aller Welt schmücken,
mir gefallen besonders die sensiblen Porträts
seiner Frau und die beiden von Maxim Gorki, mit
dem er eng befreundet war. Isaak Brodsky fand
weder Platz auf dem Ehrenfriedhof im Jungfrau-
enkloster noch an der Kremlmauer, als er im
August in Leningrad 1939 im Alter von 55 Jahren
plötzlich starb. Selbst nach Stalins Tod suchte
man in der vielbändigen Kunstgeschichte der
Sowjetunion seinen Namen vergebens. Und
auch die junge Russische Förderation tut sich
heute schwer mit dem Erbe.

Brodsky war ein der Oktoberrevolution und dem
jungen Sowjetstaat verpflichteter Maler, der sein
Leben lang seiner realistischen Malweise treu
blieb und über 1.500 Kunstwerke hinterließ. Einige davon sind nun in St. Petersburg in seinem
einstigen Wohnhaus am Platz der Künste Nr. 4
zu betrachten. Auch Bilder und Grafiken seiner
Künstlerkollegen Kustodijew, Serow und seines
Lehrers Repin sowie Fotografien des Künstlers
sind zu sehen, natürlich mit Mittelscheitel.

Ein Schiff, das einst Geschichte schrieb - der legendäre Panzerkreuzer „Aurora"

Besucher von St. Petersburg, die das wohl bekannteste Kriegsschiff besuchen wollen, werden enttäuscht sein. Denn erstmals seit dreißig Jahren hat der berühmte Panzerkreuzer seinen Ankerplatz am Petrograder Kai Nr. 2 verlassen und wurde nach Kronstadt in ein Dock bugsiert, wo er überholt werden soll. 2016 soll die „Aurora - Аврора" dann repariert und frisch gestrichen wieder zurückkehren, eine der beliebtesten Touristenattraktionen der Newastadt. Der nagende Rost und alte Weltkriegstreffer hatten dem 115 Jahre altem Kriegsschiff tüchtig zugesetzt.

Das Schicksal des Panzerkreuzers, der mit seinem Blindschuss aus der 15,2 cm-Bugkanone am 25. Oktober 1917 um 21.45 Uhr das Signal zur Erstürmung des Winterpalastes, dem einstigen Regierungssitz des Zaren gab, ist ebenso kurios wie ehrenvoll. Dass die Matrosen auf den Zarenpalast geschossen haben sollen, ist reine Fantasie und propagandistische Filmstory. Gegenüber der Zeitung „Prawda" vom 29. Oktober 1917 erklärte die revolutionäre Besatzung, die seit einem Jahr das Kommando über den Kreuzer übernommen hatte, tatsächlich nur einen Platzpatronenschuss abgegeben zu haben.

Aber der Chronologie nach. Am 23. Mai 1897 wurde das Schiff der Pallada-Klasse in der neuen Admiralitätswerft in St. Petersburg auf Kiel gelegt und ist am 11. Mai 1900 vom Stapel gelaufen. Es war üblich, dass die Zaren die großen Kriegsschiffe ihrer Marine weihten und Nikolai II. taufte den Panzerkreuzer auf den Namen der griechischen Göttin der Morgenröte, Aurora. Was er sich dabei dachte, hatten doch die meisten anderen russischen Schiffe Namen von Heiligen oder berühmten Vorfahren der Romanows, das vertraute Nikolaus seinem recht dürftig geführten Tagebuch nicht an. Vielleicht dachte der Monarch auch daran, dass die Zarin, die gerade zum dritten Mal schwanger war, nun endlich nach zwei Mädchen einen Thronfolger das Leben schenken würde.

Am 16. Juli 1903 wurde die „Aurora" in Dienst gestellt und sollte die Pazifikflotte verstärken. Unter Konteradmiral Wirenius brach das Kriegsschiff, begleitet vom Panzerkreuzer „Dmitri Donskoi" und Torpedobooten der Buiny-Klasse, also der „Ungestümen", in den Fernen Osten auf. Aber bereits in der Doggerbank kam es zum Fiasko. Denn den ersten Schuss auf das nagelneue Schmuckstück der kaiserlicher Flotte gab ausgerechnet kein feindliches, sondern ein eigenes Schiff ab. Als der Konvoi durch die Nordsee fuhr, wurden sie im Nebel am 21. Oktober 1904 für japanische Torpedoboote gehalten. Russland befand sich mit Japan im Krieg und so wurde die kleine Flotte von eigenen Linienschiffen beschossen. Die „Aurora" wurde nur leicht beschädigt und hatte zwei Verwundete zu beklagen, darunter den Schiffsgeistlichen, der später an seiner Verletzung starb. Der Konvoi setzte seine 18.000 Seemeilen lange Fahrt fort, umrundete Afrika und nahm schließlich Kurs auf das Japanische Meer.

Die Japaner hatten Port Arthur, den einzigen völlig eisfreien russischen Tiefseehafen im Fernen Osten am 8. Februar 1904 ohne Kriegserklärung angegriffen und einige Schiffe der dort liegenden 1. Pazifikflotte versenkt. Die 50.000 Mann starke Besatzung der russischen Hafenstadt wehrte sich heldenhaft, doch nach elfmonatigen verlustreichen Kämpfen kapitulierte der Kommandant Anatoli Stößel am 2. Januar 1905.

Die Flotte mit der „Aurora" wollte nach der achtmonatigen Fahrt durch die Straße von Korea ins Japanische Meer mit einem Überraschungsangriff eindringen, um Port Arthur zu entsetzen und sich dort mit den übrigen russischen Schiffen vereinigen, um nach Wladiwostok durchzubrechen. Nach einigen Geplänkeln kam es vom in der Nacht 27. zum 28. Mai des Jahres 1905 zur entscheidenden Seeschlacht von Tsushima, wo die russischen Geschwader fast vollständig versenkt wurden. 21 russische Kriegsschiffe sanken oder waren so schwer beschädigt, dass sie von ihren Besatzungen aufgegeben werden mussten. Während der Schlacht wurden 5.045 russische Seeleute getötet und viele Tausend zum Teil schwer verletzt.

Die Nachricht von der Niederlage versetzten in Russland die Bevölkerung und die Admiralität, aber auch Zar Nikolaus II. einen gewaltigen Schock. Der wurde, auf Wolken schwebend, aus allen Träumen gerissen. War doch der Wunsch des Herrschers aller Russen, endlich einen Zarewitsch zu zeugen, in Erfüllung gegangen, nachdem seine Gattin in einem Teich beim heiligen Serafin von Sarow nackt im Mondlicht gebadet hatte.

Der Verlust von Port Artur war der Funke an der Lunte zum Pulverfass der ersten Revolution in Russland, wo sich ein Streik der Putilow-Stahlwerker von St. Petersburg zu einer gewaltigen, friedlichen Demonstration unter Kirchenfahnen und mit dem Porträt des Zaren auswuchs. Die Menge zog unter dem Absingen der Hymne „Gott erhalte uns den Zaren" zum Winterpalais, wo sie eine Petition überreichen wollte in der auch stand: *Herrscher! Wir, die Arbeiter der*

Stadt Petersburg, unsere Frauen, Kinder und hilf-losen greisen Eltern, sind zu Dir gekommen, Wahrheit und Schutz zu suchen." Der Zug war auf 100.000 angewachsen, die menschenwürdige Arbeitsbedingungen forderten, eine Agrarreform, die Abschaffung der Zensur und religiöse Toleranz. Auf Befehl des Innenministers eröffneten die Soldaten das Feuer und schossen die Menge zusammen. Als die Salven verklungen waren, bedeckten Hunderte Tote den Schlossplatz und ihr Blut färbte den Schnee rot, Tausende schleppten sich verwundet vom Ort des Grauens.

Der Pope Vater Grigori Apollonowitsch Gapon, der den Zug angeführt hatte, sagte erschüttert: *„Wir haben keinen Zaren mehr, Ströme von Blut trennen den Imperator vom Volk."* Des Zaren einziger Kommentar zu diesem Massenmord in seinem Tagebuch: *„Ach, Gott, wie schmerzlich und schwer ist es."* Der „Blutsonntag" war das Fanal für die russischen Revolution von 1905.

Zu den wenigen Schiffen, die der Vernichtung im Pazifik entgingen, gehörten neben dem schwer beschädigten Kreuzer „Oleg" und der „Schemtschug" auch die „Aurora", die in den Gefechten fünfzehn tote Besatzungsmitglieder, darunter den Kommandanten Konteradmiral Enkwist und 83 Verletzte zu beklagen hatte.

Den drei Kriegsschiffen gelang die Flucht in den neutralen Hafen von Manila, wo sie sich auf Befehl des Zaren internieren ließen. Nach Ende des Krieges wurden alle russischen Schiffe in die Heimat überführt. 1906 kehrte der Panzerkreuzer „Aurora" in die Ostsee zurück und wurde als Schulschiff eingesetzt. Die Bordgeschütze und Torpedorohre wurden demontiert. Von 1907 bis 1914 unternahm das Schiff zivile Expeditionen auf der Ostsee, in den Indischen Ozean und in das Mittelmeer.

In Italien wird die „Aurora", verehrt, aber nicht wegen des Signals zur Oktoberrevolution, sondern wegen seiner Rettungsmaßnahmen bei dem schweren Erdbeben von Messina 1908. Wenige Tage nach dem Weihnachtsfest, am 28. Dezember, erschütterte um 5 Uhr 21 früh ein starkes Erdbeben der Stärke 7,2 die Region um die Straße von Messina und zerstörte die Städte Messina, Reggio Calabria und Palmi fast völlig. Es überraschte die Einwohner im Schlaf. Dem Beben folgte ein Tsunami, der weitere Schäden verursachte und tausende Opfer forderte. Dabei verloren zwischen 72.000 bis 100.000 Menschen ihr Leben.

Die Mannschaft des italienische Kreuzers „Pimonte" leistete den Überlebenden und Verwundeten erste Hilfe. Ein russischer Marineverband mit der „Aurora" eilte an den Ort der Verwüstung und die Matrosen bargen in den Trümmern eingestürzter Häuser hunderte schockierte und traumatisierte Einwohner und versorgten sie auf den Schiffen medizinisch, da alle Hospitäler an Land in Schutt und Asche lagen.

Während des Ersten Weltkriegs wurde das Schiff mit einer stärkeren Bewaffnung ausgestattet und wieder als Kriegsschiff für den Wachdienst und als Unterstützungsschiff für russische Infanterie in der Ostsee eingesetzt. 1916 wurde die Aurora nach Sankt Petersburg verlegt, wo eine größere Reparatur durchgeführt werden sollte. Ein Großteil der Besatzung sympathisierte sich während der Februarrevolution mit den Bolschewiki.

In der Nacht auf den 25. Oktober 1917 wurde die „Aurora" auf Befehl des Petrograder Militärrevolutionären Komitees in die Nähe der Nikolai-Brücke verholt, um die reibungslose Verlegung von Abteilungen der Roten Garde von der Wassiljew-Insel ins Stadtzentrum von Sankt Petersburg zu sichern. Am Abend dann gab die Besatzung dann mit einem Platzpatronenschuss aus einer Bugkanone das Signal für den Sturm der Bolschewiki auf das Winterpalais, dem Sitz der Provisorischen Regierung.

Ab 1923 diente der Panzerkreuzer als Schulschiff der Baltischen Flotte und besuchte in dieser

Eigenschaft bis 1930 mehrmals auf Einladung Häfen in Norwegen und Schweden. Dabei war sie als Mythos der Oktoberrevolution ein begehrtes Fotomotiv und 1927 wurde das Kriegsschiff sogar zum Filmstar. Der weltbekannte Regisseur Sergej Eisenstein (Film „Panzerkreuzer Potemkin") und sein Kollege Grigorij Alexandrow drehten im Auftrag der sowjetischen Führung den Film „Oktober", wobei sie an Originalschauplätzen den Schuss und den anschließenden Sturm auf das Winterpalais nachstellten. Es war ein dokumentarischer Film, der weltweit Besucherrekorde verzeichnete und dem Mythos von der „Aurora" und ihrem Anteil an der Oktoberrevolution, die nicht nur in Russland ein neues Zeitalter einleitete, neue Nahrung gab. Der Panzerkreuzer war nun endgültig zu einer Ikone der Oktoberrevolution geworden.

Übrigens betrat am 7. September 1928 der deutsche Kommunist Ernst Thälmann die gepanzerten Deckplanken des legendären Kriegsschiffes.

Während des Großen Vaterländischen Krieges lies die militärische Führung die Geschütze des Panzerkreuzers demontieren und setzte sie zur Verteidigung der Stadt ein. Die „Aurora", die vor Oranienbaum lag, wurde bei einem deutschen Luftangriff am 30. September 1941 schwer beschädigt und ging auf Grund. Bis zum Ende der

Blockade gegen Leningrad wurde der Beschuss fortgesetzt. Doch die „Aurora", deren Aufbauten mit den charakteristischen drei Schornsteinen noch aus dem Wasser ragten, zeigte weiter die Flagge der Sowjetischen Kriegsmarine, sehr zum Ärger der faschistischen Wehrmacht. Solange die „Aurora" nicht verloren sei, sei auch die Stadt nicht verloren, waren die Leningrader überzeugt.

Zwar schien nach 1.300 gezählten Treffern auf dem Schiff das Schicksal des Nationaldenkmals besiegelt, doch sobald Leningrad von der faschistischen Umklammerung befreit war, wurde das 125 Meter lange Traditionsschiff der Baltischen Flotte im Juli 1944 vom Grund gehoben. Bis 1947 dauerte die Instandsetzung und dann fand die „Aurora", ihren ehrenvollen letzten Ankerplatz am Newaufer vor der Seekadettenschule. Dort diente der Kreuzer bis 1961 als Schul- und Ausbildungsschiff der Nachimow-Marineschule, bevor es Teil des Marinemuseums und eine der beliebtesten Sehenswürdigkeiten der Stadt wurde.

Die Kadettenschule mit dem Namen des legendären zaristischen Admirals Pawel Nachimow - Павел Нахимов - Held des Krimkrieges und Verteidiger von Sewastopol 1855, war als Lehreinrichtung für Jungen der im Krieg gefallenen

Seeleute von Josef Stalin persönlich 1944 ins Leben gerufen worden.

Als ich den Kreuzer besuchte, kam ich mit dem Maat Alexander der Stammbesatzung ins Gespräch, der sowohl das Spezialistenabzeichen an der Bluse trug als auch das Symbol, das ihn als ausgezeichneten Matrosen der Kriegsmarine auswies. *„Unser Dienst an Bord dient vor allem dem Erhalt und dem Schutz des Kreuzers und dann führen wir die Besucher, bis zu einer Million im Jahr. Dabei erzählen wir auch, wie die Matrosen in den 20er Jahren lebten, dass jedem Matrosen pro Tag exakt 123 Gramm Wodka und 3,2 Gramm Teeblätter zustanden. Alle fünf Jahre bekam jeder unter anderem sechs Mützen und fünfzehn Paar Socken. Kurios, oder?"*

Dann widmete er sich wieder dem Putzen von Messingteilen, denn eine festliche Zeremonie war für den nächsten Tag auf dem Vorderdeck angesagt, das feierliche Gelöbnis der Marinekadetten.

Dieser Alexander war übrigens, so verriet mir sein Freund, mit der Enkelin des 1. Kommissars der „Aurora", mit der hübschen Irina Filipowa verlobt. Als hinter mir junge Frauen und Mädchen den Kreuzer besuchten, sagte Kommandant Bartjew scherzend über seine Matrosen: *„Hallo, Schönheiten, wenn ihr gerade auf Suche nach* einem Partner fürs Leben seid, nehmt einen Jungen von der „Aurora", zum Mann, bessere findet ihr nirgends, Matrosenehrenwort!"

In einem bekannten Lied über den geschichtsträchtigen Panzerkreuzer heißt es „...Wovon träumst du, Kreuzer Aurora, in dem Augenblick, als der Morgen anbricht..."

Der Juwelier der Zaren Peter Carl Fabergé

Also so richtig russisch klingt der Nachname des Goldschmiedes Fabergé - Фаберже - nicht, der heute noch für besonders ausgefallenen Kostbarkeiten des Juwelierhandwerks steht und für seine kunstvollen Schmuckeier bekannt ist. Zwar war dieser Peter Carl Fabergé ein gebürtiger St. Petersburger, aber seine Vorfahren waren Hugenotten, die aus Frankreich, genauer der Picardie stammten und nach der Aufhebung des Ediktes von Nantes 1685 nach Schwedt an der Oder emigrierten, wo sie in der vom Dreißigjährigen Krieg entvölkerten Gegend nach einem Edict von Kurfürst Friedrich Wilhelm Gegend beachtliche Siedlungen errichteten.

„Chur. Brandenburgisches Edict
Betreffend
Derjenigen Rechte / Privilegia und andere

Wohlthaten / welche Se.Chrf. Durchl. zu
Brandenburg denen Evangelisch-Reformierten
Französischer Nation so sich in Ihren Landen
niederlassen werden daselbst zu verstatten
gnädigst entschlossen seyn.
Gegeben zu Potsdam/den 29.Oktbr.1685"

Die 20.000 Hugenotten, die ins Brandenburgische gekommen waren, sorgten nach 1648, dem zu Ende gegangenen Krieg, wo die ganze Mark verwüstet und leer war, für einen beachtlichen Aufschwung. Die Emigranten waren eine Bereicherung des Kultur- und Geisteslebens, für eine Blüte der Wirtschaft und Landwirtschaft, wie die übergesiedelten Hugenotten um Schwedt, wo sie auch den Tabakanbau einführten. Andernorts entwickelten sie Textil- und Seidenmanufakturen, waren in der Herstellung und im Handel von Schmuck tonangebend, brachten uns Blumenkohl und Weißbrot.

115 Jahre lebten die Fabergés in Schwedt, bevor Großvater Peter 1800 in die russische Provinz nach Pernau im Baltikum übersiedelte. Dort wurde 1814 sein Sohn Gustav geboren, der Vater des später berühmten Juweliers. Er legte den Grundstein für die Juweliertradition in der Familie, denn Gustav ging nach St. Petersburg beim

Goldschmied Siegel und später beim Juwelier Keibel in die Lehre, die er mit besten Zeugnissen abschloss. 1842 eröffnete Gustav Fabergé in der Bolschya Morskaya ulitza der russischen Hauptstadt im Haus Nr. 12 seine eigene Goldschmiedewerkstatt. Hier lernte er auch die Tochter des recht bekannten dänischen Malers Jungstedt kennen, der vor der Cholera aus Kopenhagen geflüchtet war. Zwei Jahre später heiratete Gustav Fabergé Charlotte Jungstedt, die ihm im Mai darauf den lang ersehnten Knaben Peter Carl schenkte, der seine ersten Schuljahre in der deutschsprachigen evangelischen St. Annenschule absolvierte.

Die Familie zog dann nach Dresden, wo Carl auch die Handelschule besuchte und in der Dresdner Hofkirche die Firmung erhielt. Nach Abschluss der Schule ging der junge Fabergé, dem Wunsch seines Vaters folgend, nach Frankfurt am Main bei Juwelier Friedmann in die Lehre. Sein theoretisches Wissen erwarb er in der traditionellen Goldschmiedeschule in Hanau. Als Geselle war eine Wanderschaft damals durchaus üblich, die den ehrgeizigen jungen Mann nach Idar-Oberstein führte, schon damals das Edelstein-Mekka der Steinschneider und Schleifer und weiter als Meister durch halb Europa, wo er traditionelle Handwerke und moderne vielfältige

Kunst vor allem in Frankreich und Italien kennen lernte. Reich an Erfahrungen und Kenntnissen kehrte Carl Peter 1870 nach St. Petersburg zurück, wo er in das väterliche Geschäft einstieg, das er zwei Jahre später mit 26 Jahren übernahm. Im selben Jahr heiratete er Augusta Jakobs, die Tochter eines Möbelhandwerkers. Alle vier Söhne aus dieser Ehe, Eugene, Agathon, Alexander und Nicholas arbeiteten später in der Firma und setzten so die Familientradition fort.

Neben seiner Arbeit als Juwelier wurde Carl Peter mit seinem Bruder Agathon in die Kunstsammlungen der Eremitage berufen, um dort die auserlesene Schmucksammlung zu schätzen, zu katalogisieren und zu reparieren. Dabei kamen die Brüder auf die Idee, Schmuck im altrussischen Stil in eigener Werkstatt anzufertigen oder einige Kostbarkeiten einfach zu kopieren. Zu dieser Zeit trat Bruder Agathon, ein hervorragender Designer und Meister in den Goldschmiedebetrieb ein, dessen Ideen und Skizzen als Grundlage für die neuen Juwelierobjekte dienten.

Die Damen des Petersburger Adels waren von dem neuen, alten Schmuck begeistert, was man angesichts der horrenden Rechnungen von ihren Ehemännern oder Kavalieren nicht sagen konnte. Die Werkstatt der Fabergés wuchs und noch schneller das Vermögen der Brüder.

1882 nahmen sie mit einer Kollektion von Geschmeiden an der Allrussischen Kunst- und Industrie-Ausstellung im Moskau teil, die auch Zar Alexander III., ein Sammler russischer Kunst und Kuriositäten, zusammen mit seiner Gattin, der dänischen Prinzessin Dagmar und nun Zarin Maria Fjodorowna, besuchte. Der Zar kaufte einige recht wertvolle Schmuckstücke, gute Kopien antiker skythischer Schätze, während Zarin Maria Fiodorowna Manschettenknöpfe in Insektenform, ein altgriechisches Glückssymbol, erwarb. Das Monarchenpaar war so begeistert, dass der Zar Peter Carl Fabergé den Titel verlieh: *„Seiner Kaiserlichen Majestät Juwelier und Goldschmied sowie der kaiserlichen Eremitage."*

Nun spielt im russischen Brauchtum das Ei bis heute eine sehr große Rolle. Junge Mädchen ließen Eier einen Hügel hinab rollen, um zu sehen, in welchem Haus der Künftige wohnen würde. Frisch angetrauten Ehefrauen wurden von der Schwiegermutter geweihte Hühnereier ins Bett gelegt, damit sich bald Kindersegen einstellen möge. Dem gefärbten und geweihten Osterei selbst schrieb man magische Kräfte zu. Es konnte Brände löschen und helfen sowie verirrtes Vieh wieder zu finden. Man strich mit einem Ei über den Rücken eines Tieres, um es gesund zu machen, man berührte sich selbst mit einem Ei, um eine gesunde Gesichtsfarbe zu bekommen. Die Schale gab man ins Saatgut, um eine reiche Ernte einzufahren, und man streute die Schalen auf die frischen Gräber der Verwandten.

Laut einer russischen Legende sollen sich nach der Auferstehung des Gekreuzigten die Steine auf der Schädelstätte in rot gefärbte Brocken verwandelt haben, und es heißt, Maria Magdalena habe Kaiser Tiberius ein Ei mit den Worten überreicht: *„Christ ist auferstanden! - Христос воскрес!"* Der Herrscher lachte sie aus und sagte, niemand könne aus dem Reich des Todes zurückkehren, genau so unmöglich sei es, dass sich ein weißes Ei ohne äußeres Zutun rot verfärbe. Kaum aber hatte er seinen Zweifel ausgesprochen, da vollzog sich das Wunder und das Ei in den Händen des Tiberius färbte sich blutrot.

Seither färbt und bemalt man zu Ostern Eier und schmückt sie mit den kyrillischen Buchstaben X für Christus und B für auferstanden. Und ein beliebtes Spiel vor allem zwischen Kindern ist das Eierpicken. Da werden zwei gekochte Eier mit der Spitze aneinander geschlagen und wessen Ei ganz bleibt, der bekommt das angepickte Ei.

Beim dreimaligen Osterwangenkuss, der zwischen Verwandten und Bekannten ausgetauscht wird, sagen gläubige Russen: *„Христос воскрес - Christus ist auferstanden!"* und darauf wird geantwortet: *„Er ist wahrhaftig auferstanden - Он воистину воскрес!"*

Der finnische Goldschmied Eric Kollin kam in der Fabergé-Werkstatt auf die Idee, den Osterbrauch für die Goldschmiedekunst auszunutzen und so entstanden die berühmten Fabergé-Eier, die in der Folge von den Zaren Alexander III. und Nikolaus II. zu Ostern bestellt und den Gattinnen oder Familienangehörigen geschenkt wurden.

Das erste kaiserliche Überraschungsei, das Zar Alexander seiner Dagmar 1885 schenkte, war das so genannte Hennen-Ei, eine fast exakte Kopie eines königlichen Ostereis aus dem 18. Jahrhundert. Im Inneren befindet sich der Dotter aus Gold, der sich öffnen lässt und eine Henne aus vierfarbigem Gold mit Rubinaugen offenbart. Daneben lag eine kleine Zarenkrone, an der zwei Rubineier hingen. Dieses Ei ist heute im Besitz des russischen Oligarchen Viktor Wekselberg.

Das zweite Überraschungssei, das der Zar 1886 seiner Frau zum Geschenk machte, war das Ei mit der Henne im Korb, dessen Ausfertigung leider nicht dokumentiert und dessen Verbleib bisher ungewiss ist.

Das Uhren-Ei von 1887 galt ebenfalls als verschollen, bis es 2014 von einem Schrotthändler auf einen amerikanischen Antiquitätenmarkt wiederentdeckt wurde. Im über acht Zentimeter

großen Ei mit Saphiren und Rosendiamanten geschmückt, befindet sich eine Uhr der Manufaktur
Vacheron Constantin.

Zar Alexander III., der seine Frau wahrhaft liebte
und der erste Romanow ohne Mätressen und
Amouren war, versuchte das Heimweh seiner dänischen Gattin dadurch zu lindern, dass sie oft
die Sommerferien in Dänemark verbrachten.
Aber auch mit kleinen Geschenken, die einen
Bezug zu ihrer Heimat hatten, überraschte er sie
gern. Sein Sohn Nikolaus übernahm vom Vater
diese schöne Sitte. Dazu gehört das Dänische
Palast-Ei des Meisters Perchin mit grünrosa-gol-
dener Schale von 1890 im Stil Louis der XVI. Mit
Diamantrosen und Lorbeerbändern reichlich verziert, lagen im Inneren auf rosa Samtfutter ge-
rahmte Miniaturgemälde auf Perlmutt, das der
Zarewitsch seiner Mutter schenkte. Die faltbaren
Miniaturen zeigen unter anderem die kaiserlichen
Yachten „Polarstern" und „Zarevna", das
Schloss Amalienburg in Kopenhagen, den Sommersitz Fredensborg, den Gatschina-Palast, in
dem Nikolaus aufgewachsen war, und das Land-
haus Alexandria aus Peterhof.

Das Azowa-Ei aus dem mit Gold und Diamanten
besetzten Blutjaspis hat einen Verschluss aus einem Rubin und zwei Diamanten. Wird es geöffnet, dann schwimmt auf grünem Samt, der das

Meer darstellen soll, eine aus Gold und Platin gearbeitete Miniaturnachbildung des Kreuzers „Pamjat Asowa". Mit diesem Kreuzer hatte der Zarewitsch Nikolaus 1890 bis 1891 die Welt umrundet. Im Kunstmuseum in Wien ist dieses Ei zu bewundern.

1893 kam das Kaukasus-Ei aus der Werkstatt Fabergé, dessen Schale neben dem späteren Rosenknospen-Ei ganz in roter Emaille gestaltet war und das später ein Schattendasein in einer Truhe führte, weil nach der Geburt des an Hämophilie erkrankten Zarewitsch Alexej seine Mutter mit diese Farbe die unheilbare Krankheit ihres einzigen Sohnes verband.

Das letzte Schmuck-Ei, das Zar Alexander III. für seine Frau in Auftrag gegeben hatte, war 1894 das Renaissance-Ei. Es ist die Nachbildung eines ovalen Schmuckkästchens, aus weißem Achat mit Gold, das von Le Roy um 1700 geschaffen wurde und heute im Grünen Gewölbe in Dresden zu sehen ist. Das Fabergé-Ei hingegen befindet sich ebenfalls in der Sammlung des Oligarchen Viktor Wekselberg.

Es folgten noch weitere berühmte Schmuckkreationen vor allem vom Werkmeister Michail Perchin, wie das Rosenknospen-Ei, das Krönungs-Ei, mit der goldenen Miniaturkutsche aus Gold und Platin, eine detailgetreue Nachbildung der

Prunkkalesche, mit der Zarin Alexandra Fjodo-rowna, die einstige großherzogliche Prinzessin von Hessen-Darmstadt, zur Krönung in den Moskauer Kreml gefahren war.

Das Maiglöckchen-Ei erregte 1900 auf der Weltausstellung in Paris Aufsehen, ein etwa zwanzig Zentimeter großes Ei, dessen äußere Schale mit den Lieblingsblumen und Lieblingsjuwelen der jungen Zarin geschmückt ist, also verziert mit Perlen und Diamanten. Die Überraschung im Inneren besteht aus drei vom Maler Zehngraf geschaffenen Miniaturporträts von Zar Nikolaus II. und seinen beiden ältesten Töchtern, den Großfürstinnen Olga und Tatjana, Bilder, die nach Drehung des Perlknopfes aus dem Inneren an der Spitze des Eis hervorkommen und sich entfalten.

Inzwischen wurden diese edlen Miniatur-Kunstwerke nicht nur für die Zarin, sondern auf deren Wunsch auch für die engsten Verwandten der Romanows und als Gastgeschenke an ausländische Monarchen hergestellt. Mir persönlich gefällt das Ei mit der Transsibirischen Eisenbahn besonders. Nicht nur, weil ich eine Goldene Ehrenkarte für den sibirischen Teil der Strecke habe und dort umsonst fahren kann, sondern weil es Werkmeister Perchin, der Könner im Hause Fabergé, fertig brachte, in diesem nur 26

Zentimeter großen Ei einen dreiteiligen Miniaturzug von unglaublichen 39,8 cm Länge unterzubringen. Dieser Zug besteht aus einer Platin-Lokomotive mit Rubinscheinwerfern und Rücklichtern aus Diamanten. Die fünf goldenen Waggons haben Bergkristall-Fenster. Die ersten vier Waggons tragen die Aufschriften „Post", „Nur für Damen", „Raucher" und „Nichtraucher". Der letzte Wagen ist als orthodoxe Kapelle gestaltet. Der Mechanismus des Zuges wurde mit einen goldenen Schlüssel aufgezogen und der aufgeklappte Zug rollte los.

Herausragend auch das Napoleonische Ei, das anlässlich des 100.Jahrestages des Sieges über Napoleon 1912 in Auftrag gegeben wurde wie auch das ein Jahr später kreierte Ei zum 300. Herrschaftsjubiläum der Romanow-Dynastie.

Auf diesem goldenen Ei sind alle Zaren der Romanow-Dynastie in achtzehn Miniaturbildnissen, eingerahmt von Diamanten, verewigt. Angefangen von Michael I. über Alexei I., dem Fjodor III. folgte. Nach ihm herrschte Sophia Alexejewna über das Riesenreich, der Iwan V. folgte bevor der Stern von Peter I., dem Großen aufging, der von 1682–1725 regierte. Ihm folgte seine Tochter Katharina I., dann Peter II., Zarin Anna, Iwan VI., Elisabeth und Peter III. Der allerdings trug nur wenige Monate die Krone der Monomachen, weil mit Katharina II., der Großen, eine deutsche Prinzessin sich als würdige Erbin des großen Peter erwies. Nach Paul I. regierte Alexander I., nach ihm der Gendarm Europas, Nikolaus I. Der Zar Alexander II. ist als der Befreier in die Geschichte eingegangen, weil er die Leibeigenschaft 1861 per Ukas beseitigte. Nach seiner Ermordung 1881 folgte ihm sein Sohn Alexander III. als Monarch und nach dessen Tod 1894 der letzte russische Zar Nikolaus II. Dieses besondere Ei ist heute eine Zierde in der Rüstkammer des Moskauer Kreml.

So hat jedes der geschätzten fünfzig Eier bis zum letzten, dem St. Georgsorden-Ei von 1916, seine Geschichte. Es war der Verleihung des St. Ge-orgskreuzes an Zar Nikolaus II. gewidmet und enthielt neben dem Orden und einem Miniatur-porträt des Herrschers auch ein Bildnis des Za-rewitsch Alexej. Es ist übrigens das einzige Ei, dass die Zarenmutter Maria Fjodorowna nach der Oktoberrevolution im Handgepäck außer Landes bringen konnte.

Mit Kronjuwelen, den offiziellen Krönungsgeschenken an Nikolaus II. und vielen von der Zarenfamilie in Auftrag gegebenen Juwelierarbeiten bereicherte der kaiserliche Hofjuwelier Fabergé die Schmuckschatullen und die

Schatzkammer der Zaren. Oft musste er neben den Originalen detailgetreue Kopien anfertigen und selbst Niko-laus II. konnte seine Tabakdose nicht von der Replik in der Sommerresidenz auf der Krim unterscheiden.

Auf dem Zenit seines Schaffens stellte Fabergé neben Tafelsilber, Tischuhren und dekorativen Skulpturen auch Metallschnitzereien nach Vorbildern der russischen Volkskunst her. Aber auch preiswerten Modeschmuck mit Strass und unedlen Metallen. 1916 unterhielt das Familienunternehmen Niederlassungen in Moskau, Odessa, Kiew und London mit mehr als 700 Mitarbeitern, davon allein 500 in Sankt Petersburg. So entstanden von 1882 bis 1917 ungefähr 150.000 Meistersstücke der Juwelierkunst.

Die Oktoberrevolution war auch das Ende des Juweliers des Zaren Carl Peter Fabergé. Er floh mit dem letzten Diplomaten-Zug durch Lettland nach Finnland und später nach Wiesbaden. Fabergé starb am 24. September 1920 als gebrochener Mann in Lausanne in der Schweiz.

Seit Mai 2009 gibt es in Baden-Baden ein Fabergé-Museum und natürlich auch seit 2006 in St. Petersburg, dessen Eröffnung sogar der Ministerpräsident der Russischen Förderation, Dmitri Medwedjew, beiwohnte. Er sagte: *„Das sind Privatmuseen, in denen unsere Bürger, unsere*

Wohltäter ihr Geld investieren und die in der Fol-
gezeit dem ganzen Land dienen. Und sie sind
nicht nur ein Gegenstand des Stolzes für jene,
die in unserem Staat leben, sondern sie erlauben
es auch, einer riesigen Anzahl von Besuchern
aus dem Ausland einen Eindruck von unserer
Kunst zu vermitteln."

Das private Museum befindet sich im Schuwa-low-Palast in der Набережная реки Фонтанки, д. 21 - in der Uferstraße an der Fontanka Nr. 21 - und ist die größte Sammlung von Fabergé-Eiern. Zudem enthält diese Schau eine Galaxie von 4.000 Gegenständen aus dem Hause Fabergé.

Nur über 44 Eier ist der Verbleib bekannt. Acht Eier befinden sich in der Rüstkammer des Moskauer Kreml, zehn in der Sammlung Viktor Wekselberg, fünf Eier im Virginia Museum of Fine Arts und drei Eier in der Royal Collection der englischen Königin. Drei weitere Fabergé-Eier im New Orleans Museum of Art, dann zwei Eier bei der Edouard and Maurice Sandoz Foundation und ebenfalls zwei Eier im Hillwood Museum, Washington, D.C. Dazu kommen zwei Eier im Walters Art Museum, Baltimore - Maryland. Auch in der Sammlung Rainier III. von Monaco befindet sich ein echtes Ei, wie auch im Cleveland Museum of Art. Das Kunsthistorische Museum Wien ist im Besitz von drei Schmuckeiern des

Zaren-Juweliers und fünf Eier sind in Tresoren anonymer Privatsammlungen.

Die rätselhaften Sphinxe am Kai der Newa

Nein, kein Wunder, denn wie sie hierher kamen, das ist hinlänglich belegt, die Sphinxe auf den Treppen, die von der Akademie der Schönen Künste zur Newa herab führen. Es war einst eine Anlegestelle am Universitätskai Nummer 17 und als ich im Sommer dort vorbei kam, da saßen einige Kunststudenten mit ihren Skizzenbüchern auf dem warmen Granit und blinzelten zum anderen Ufer hinüber, wo sich in Sonnenreflexen im Fluss die Eremitage versinkend spiegelte. Und als ich sie fragte, was wohl die liegenden Fabelwesen aus rosa Granit, halb Tier und halb Mensch, aus einer anderen Welt zu bedeuten haben, da lachten sie: *„Sie sind ein Zeichen der Ewigkeit. So lange sie hier liegen und wachen, ist es um unser Pieter nicht schlecht bestellt!"*
Da ich in der Akademie erwartet wurde, stieg ich die Treppen wieder hinauf und das mächtige Gebäude, das 1788 die Architekten Kokorinow und de la Mothe errichteten. Es wuchs geradezu vor mir in den blassblauen Himmel über der Stadt des großen Peter. Seine frühklassizistische

Hauptfassade blickt streng auf die Newa, daran ändert sich auch nichts, dass unter dem Portikus zwischen den Säulen auf der linken Seite Herkules in seiner ganzen Männlichkeit und Stärke auf die Studenten herabschaut und rechts Flora, nur mühsam ihre Reize verhüllend.

Herkules oder Herakles, wie die Griechen sagen, als Beschützer der Paläste und Flora als Göttin der Jugend und des Lebensgenusses. Na, und da sagt man, die Russen seien prüde. Vielleicht schien den Erbauern auch die Legende von Herakles am Scheideweg geeignet, sie den künftigen Hörern der Akademie in Gestalt des antiken Recken mit auf ihren Lebensweg zu geben: *Der junge Herakles begegnet an einer Weggabelung zwei Frauen. Die Eine trägt kostbare Gewänder und verspricht ihm ein Leben voll Genuss und Reichtum. Die Andere, schlicht gekleidet, warnt ihn dagegen: „Von dem Guten und wahrhaft Schönen geben die Götter den Menschen nichts ohne Mühe und Fleiß." Im Streitgespräch debattieren die beiden Frauen, die die Glückseligkeit - Eudaimonia und die Tugend - Arete darstellen, die Vorzüge und Nachteile der zwei Lebenswege. Herakles entscheidet sich schließlich, der Tugend zu folgen.* - Es ist eben eine Sage!

Niemand geringeres, als die aufgeschlossene und feinsinnige Katharina II. hatte den Wunsch, der „Akademie der drei Edlen Künste", die bisher im Schuwalow-Palast mehr schlecht als recht untergebracht war, ein würdiges Gebäude bauen zu lassen. So entstand von 1764 bis 1789 die Kaiserliche Akademie, die Императорская Академия художеств, in der der Nachwuchs für die drei bedeutendsten Künste ausgebildet wurden, Malerei, Bildhauerei und Baukunst, die alle dem Glanz des Zarenthrones dienen sollten.

Diese Bildungsstätte brachte hervorragende Künstler hervor, deren geniale Werke noch heute Straßen und Plätze in ganz Europa schmücken, wie die von den Architekten Starow, Woronichin, Baschenow, Schtschussew oder Sacharow. Oder jene, deren Werke in den Museen der Welt bewundert werden wie die der Maler A. Iwanow, Brjullow, Kramskoi, Repin, Serow, Surikow, Kiprenski, und Schischkin und schließlich die Bildhauer wie Koslowskij, Schubin, Clodt, Maniser und Sokolow, um nur einige zu nennen.

Vor dieses imposante Gebäude, das ein ganzes Quartier einnimmt, wurden 1834 die beiden Sphinxe aufgestellt. Sie sind 1820 bei Ausgrabungen in der Nähe von Theben in Ägypten entdeckt und durch den verdienstvollen französischen Ägyptologen Jean-Francois Champollion beschrieben worden. Diese kolossalen Skulpturen sind rund 3.500 Jahre alt und standen einmal auf der Gasse der Sphinxe vor dem Grab des Pharaos Amenophis III. Der war ein guter Herrscher, unter dessen Regierung Kunst und Kultur erblühten und ein gewisser Wohlstand einzog. Seine Ära wird auch als das goldenen Zeitalter bezeichnet. Den Porträtkopf des Pharaos Amenophis III. mit Nemes-Kopftuch und der Doppelkrone ist im Ägyptisches Museum in Berlin zu sehen wie auch ein Relief Amenophis III. aus dem Grab des Chaemhet in Theben-West.

Bei den Ausgrabungen sah der russische Diplomat Murawjow die Sphinxe und war begeistert. Er wandte sich an Alexander I., dem Napoleonbezwinger mit der Bitte, im Geld zu überweisen, um diese alten und besonders schöne Statuen für das Russische Reich zu erwerben. Der Zar vertraute seinem Diplomaten und sagte die finanziellen Mittel zu. Aber nun zeigte auch Frankreich, angestachelt durch Champollion, Interesse an diesen Sphinxen. Russland überbot die Franzosen und zahlte 65.000 Rubel für die beiden Kunstwerke aus einer untergegangenen Hochkultur, eine für jene Zeit unvorstellbare Summe.

Die Sphinxe wurden auf dem für diesen Zweck extra ausgerüsteten Schiff „Gute Hoffnung" gebracht und nach Russland verschifft. Die Fahrt dauerte zwölf Monate. 1832 kamen die Sphinxe in Sankt Petersburg an und wurden zwei Jahre später am Universitätskai der Newa auf hohe Granitpostamente gestellt. An jedem Postament ist in russischer Sprache die Inschrift zu lesen: *„Sphinx aus Theben in Ägypten, 1832 in die Stadt des heiligen Peters gebracht".*

Diese Fabelwesen gelten noch heute als die bestens erhaltenden Beispiele der altägyptischen Kolossal-Skulptur außerhalb Ägyptens.

Nun reflektiert schon seit 181 Jahren das Wasser der Newa und nicht mehr des Nils ihre Gestalten und den Blick aus ihren unergründlichen, rätselhaften Augen, wie der Lyriker Valeri Brussow schreibt:

Die Lippen starr, das Haupt erhoben,
die Augen wie von fern gebannt
als hörten sie ein fernes Toben,
das eines anderen Stromes Land.
Sie, Kinder aus Jahrtausenden
sehn diesen Szenen nur im Traum...

Besonders wenn Schnee die granitenen Gestalten bedeckt, sieht es so aus, als frieren sie und sehnen sich zurück unter die warme Sonne Afrikas. Um sie von den Winterungsunbilden der Stadt am Meer zu schützen, gab es den Vorschlag, die zuletzt 2003 restaurierten Sphinxe in der Eremitage vor dem rauen, nördlichen Klima zu schützen. Doch vorerst bleiben sie und bewachen auf der Wasiljewskij-Insel die Akademie der Künste, die den Namen des großen russischen realistischen Malers Ilja Repins trägt.

Die Sphinxe sind nicht allein in der Newametropole, denn die Lermontow-Allee überquert das Flüsschen Fontanka mit der sehr dekorativen Ägyptischen Brücke - Египетский мост, die als Hängebrücke 1825-1826 gebaut wurde. Bewacht von zwei gusseisernen Sphinxen als Symbol der Ewigkeit, Unsterblichkeit und des Rätselhaften. Sie sind das Werk des Bildhauer Pawel Sokolow - Павел Соколов, der sich als Schöpfer von dekorativen Kunstwerken des russischen Klassizismus international einen Namen machte. Auch er studierte von 1770 bis 1785 an der Kaiserlichen Akademie der Künste, die ihn später als ihr Mitglied aufnahm.

Neben der Ägyptischen Brücke schuf er die Könige der Savanne der Löwenbrücke und die Fabelwesen der Greifenbrücke, die den Dichter Bobyschew zu dem Gedicht anregte *„Es sitzt der geflügelte Löwe mit dem geflügelten Löwen - Крылатый лев сидит с крылатым львом."*

Die Skulpturen Sokolows schmücken zahlreiche Parks, Gebäude und Plätze in St. Petersburg und Moskau. Eine seiner Plastiken ist durch Puschkins Gedicht „Die Statue von Zarskoje Selo - Царскосельская статуя" in die Geschichte der

Literatur eingegangen, die Bronzeplastik „Milch-mädchen mit dem zerbrochenen Krug" im Park von Zarskoje Selo. Abgüsse zieren den Park von Schloss Glienicke und den Gutspark von Britz.

Lässig die Urne mit Wasser gefüllt
ließ fallen das Mädchen.
Trauernd sitzet die Magd,
hält den zerbrochenen Krug.
Wunder: Das Wasser versiegt nicht,
es zerfließt aus zertrümmerter Scherbe.
Ewig rinnet der Quell, ewig trauert die Magd.

Die Ägyptische Brücke wurde in unmittelbarer Nähe zu den Kasernen über die Fontanka errich-tet und genau das führte 1905, in den Tagen der ersten russischen Revolution, zu einem folge-schweren Unglück. Am 20. Januar ritt in zügigem Trab, geführt von einem jungen, schneidigen Ritt-meister, eine Schwadron des Kavallerie-Grena-dier-Regiments Nr. 11 mit Pferden und schwer beladenen Schlitten über die erst ein Jahr zuvor reparierte Brücke, die donnernd unter der Last zusammenbrach. Sechzig Soldaten stürzten von der Brücke auf das Eis und in den eiskalten und zum Glück nicht all zu tiefen Fluss. Sie alle konn-ten mit mehr oder weniger leichten Blessuren gerettet werden, doch einige Pferde überlebten leider das Unglück nicht.

Unsterblich durch den Sterbenden Schwan

Keine Primaballerina vor und auch nach ihr hat je dem klassischen Tanz so eine ausdrucksstarke Gestalt gegeben, wie die Solotänzerin und Ballett-Ikone Anna Pawlowna Pawlowa - Анна Павловна Павлова. Legenden umhüllen ihr Leben, Künstler und Komponisten, Dichter und gekrönte Häupter bewunderten, ja verehrten sie und dennoch ist eigentlich wenig über sie bekannt. Sie selbst hüllte sich stets in sybillinisches Schweigen. Möglich, dass sie sich in der Rolle der mystischen und geheimnisvollen Bühnenprinzessin gefiel oder dass sie sich schämte, Dinge aus ihrer ärmlichen Kindheit preis zu geben.

Es beginnt schon mit ihrem Namen. Eigentlich hieß sie mit Vatersnamen nicht Pawlowna sondern Matwejewna, denn ihr Vater war Matwej Fjodorowitsch Pawlow, ein einfacher Bauer aus dem Gouvernement Twer, der in St. Petersburg als Soldat Dienst tat. Ihre Mutter Lubow verdiente als Waschfrau mehr schlecht als recht den Lebensunterhalt für sich und ihre einzige Tochter. Andere Quellen behaupten, Annas biologischer Vater wäre der bekannte Petersburger Bankier Lazar Poljakow, in dessen Haus Annas Mutter einige Monate vor der Geburt ihrer Tochter diente. Fest steht, dass die Frau mit ihrem Kind allein in bitterer Armut lebte. Weil die kleine Anna so schwächlich war, wuchs sie die ersten Lebensjahre bei ihrer Großmutter auf dem Land auf, um die Gesundheit zu kräftigen. Übrigens ist das in Russland auch heute noch so, dass oft die Großmütter die heranwachsenden Enkel betreuen und es gibt das Sprichwort: *Das erste Kind ist die letzte Puppe, der erste Enkel ist das letzte Kind.*

Dort in dem typisch russischen Dorf entwickelte sich Annas Naturverbundenheit und die Liebe zu Tieren, die später seltsame Blüten trieb.

Als das zierliche Mädchen acht Jahre ist, macht Lubow Fjodorowna ihrer Tochter ein Geschenk, das das weitere Leben ihres Kindes bestimmen sollte. Sie besuchen gemeinsam im Mariinski-Theater eine Aufführung des Balletts „Dornröschen" - russisch *„Спящая Красавица",* also Schlafende Schönheit von Pjotr Iljitsch Tschaikowski. Mit großen Augen starrt das kleine Mädchen auf die Bühne, vergißt alles um sich herum und als der letzte Vorhang fällt, erwacht sie wie aus einem Traum.

Für die kleine Anouschka stand seit diesem denkwürdigen Tag fest, sie wollte um jeden Preis Tänzerin werden. Der Quälgeist gab keine Ruhe und so sprach ihre Mutter in der Kaiserlichen Ballettschule in St. Petersburg vor. Die zierliche

Anna wurde abgewiesen, sie sollte erst wachsen und dann wiederkommen. Mit zehn stand sie erneut vor der Prüfungskommission. Die war sich einig, Musikalität und Anmut hatte das Mädchen, aber ihre Gestalt säte Zweifel unter den Lehrern, denn ihr dünner, fast transparenter, ja zerbrechlicher wirkender Körper schien zu schwach für diesen so schweren Bühnenberuf. Doch ihr Lehrer Pawel Gerdt überredete die Aufnahmekommission und für Anna begann der Eintritt in eine Welt voller Wunder und Musik.

Die in bitterer Armut aufgewachsene uneheliche Tochter eines Bankiers und einer Waschfrau wurde von den Elevinnen auf der Petersburger Theaterschule als „hässliches Entlein" gehänselt und verspottet. Ihre muskulösen Mitschülerinnen machten sich über die subtile Pawlowa lustig. In jenen Jahren war die Ballettschule wie ein Kloster mit strengen Vorschriften, mit eiserne Disziplin und völlig von der Außenwelt abgeschnitten. Zu dieser Zeit waren Ballerinen mit ausgeprägten weiblichen Formen und eher kurzen Beinen in Mode. Die kleine Pawlowa stopfte das Essen in sich hinein, versuchte Muskeln aufzubauen, alles umsonst. Oft erschöpft und den Tränen nahe, wollte Anna schon die Ballettschuhe für immer ausziehen, doch ihr einfühlsamer Lehrer Gerdt konnte sie überzeugen, dass ihre scheinbare Verletzlichkeit zugleich ihre Stärke war.

Das Mädchen tanzte leicht und beseelt, jede Emotion konnte sie in die Bewegungssprache „übersetzen". Dafür trainierte sie hart, sechs Stunden am Tag, den Sonntag ausgenommen. Ihre Grazie und ihr Willen imponierten bald den französischen Ballettmeister am Mariinski-Theater Marius Petipa. Ihre Anmut bezauberte auch den elf Jahre älteren Adligen Victor Dandré, der ihr Bewunderer, Förderer und Gönner wurde und später ihr Geliebter, Manager und seit 1914 wohl auch ihr heimlicher Ehemann.

Dieser Victor Emiljewitsch Dandré, ein Nachkomme einer reichen Adelsfamilie, war ein Kenner der Kunst der Choreographie und des Balletts, zudem ein erfolgreicher Geschäftsmann und Chefankläger des Petersburger Senats. Er war der erste und der einzige Mann im Leben der so umschwärmten, begehrten und bildschönen Frau mit den tief umschatteten, rätselhaften Augen. Honorige Männer aus adligen Häusern, Komponisten und Minister machten ihr Anträge, denn sie war charmant, elegant und königlich, aber sie blieb sich und Dandré treu. Und er ihr, trotz der Tatsache, dass Anna einen sehr aufbrausenden Charakter hatte. Victor bewundert ihr Talent, ertrug geduldig ihre Wutanfälle, kümmerte sich um sie in depressiven Phasen, und sie belohnte ihn mit ihrer anhänglichen Treue. Ob sie ihn wirklich geliebt hatte, diese Antwort nahm sie mit ins Grab.

Es war eine Selbstverständlichkeit, dass die junge Pawlowa nach Abschluss der Ballettschule in die Truppe des Kaiserlichen Mariinski-Theaters aufgenommen wurde und seit 1899 sofort Solopartien tanzte in „Giselle", in „Dornröschen" und in „Don Quichote". Bald trat sie stürmisch gefeiert auf allen großen Bühnen Russlands auf. Ihr Tanzpartner Michail Fokin ließ sich von ihrer Ausdruckskunst, Leichtigkeit und Dramatik inspirieren und kreierte für sie die Ballette „Die Weinrebe", „Chopiniana", „Pavillon d' Armide", und „Ägyptische Nächte".

Das sachkundige und verwöhnte russische Publikum des klassischen Tanzes erkannte im Stil der Pawlowa und von Fokin das Neue, das diese Kunst von den alten Formen befreite und ungeheuer bereicherte. Das war Tanz wahrhaftig auf die Spitze getrieben. Menschen aus aller Welt ließen sich von Anna Pawlowas Tanzkunst verzaubern.

Mit einer ungeheuren Intensität und Ausstrahlung tanzte die kleine, zierliche Pawlowa ihre Rollen und schien dabei die Schwerkraft zu überwinden. Begeistert vom tänzerischen Können schrieb der russische Tänzer und spätere Leiter der Ballett-truppe der Grand Opera Paris Serge Lifar: *„Ihre Schönheit und das luftige Gleiten, das so leicht war, dass der Eindruck entstand, sie müsste sich dafür überhaupt nicht anstrengen."*

Auf der Bühne wirkte Anna Pawlowa himmlisch, geradezu ätherisch. Diese so zarte Frau war in Wahrheit sehr eisern und trainierte hart, weshalb sie bald Primaballerina wurde und dann zur Ballettkönigin aufstieg. Mit nur 25 Jahren kam sie in den Olymp als Primaballerina Absoluta, ein Titel, den in Russland nur vier Tänzerinnen zur gleichen Zeit tragen durften.

Unsterblich macht sie der „Sterbende Schwan - Умирающий лебедь" - aus dem gleichnamigen Ballett, das Michel Fokin für sie 1907 nach der Musik von Saints-Saëns choreographierte. Als Vorlage diente dessen „Karneval der Tiere", drei Minuten Solo, eine bebende Miniatur, ein Meisterwerk, das die Pawlows zur Ballett-Ikone machte, ein Part, der heute noch von den allerbesten Ballerinen auf der ganzen Welt als Krönung gern getanzt wird.

Seine Premiere hatte das Solo „Der sterbende Schwan" für Anna Pawlowa am 22. Dezember 1907 bei einer Wohltätigkeitsveranstaltung in Sankt Petersburg. Mit diesem Tanz ist seit diesem Tag der Name von Anna Pawlowa unlösbar verknüpft.

Einflussreiche Freunde überredeten die Leitung des Mariiski-Theaters dazu, Anna Pawlowa 1908 eine Tournee nach Helsinki, Stockholm, Kopenhagen, Prag, Dresden, Leipzig und Berlin zu erlauben. Der Erfolg dabei war überwältigend und wiederholte sich im darauf folgenden Jahr.

Aber der neue Stern am Balletthimmel musste sich gegen Intrigen und ihren Ruf schädigende Gerüchte zur Wehr setzen, die auch von Konkurrentinnen mit Raffinesse betrieben wurden. Eine der Eifrigsten war dabei Matilda Kschessinskaja, die legendäre Prima des Mariinski-Theaters und einstige Geliebte des Zaren Nikolaus II., die ihren vom jungen Zarewitsch geförderten Ballettthron mit niemandem zu teilen gedachte. Sie war viele Jahre der einzige Star in St. Petersburg und nun kam da ein hässlicher Schwan, die Tochter einer Waschfrau und machte ihr die Gunst des Publikums, die Bravorufe und die Blumenorgien streitig. Ihre Vormachtstellung fing an zu bröckeln, weil mehrere junge Talente, darunter auch Anna Pawlowa, in die Mariinski-Truppe aufgenommen worden waren und sich in die erste Reihe getanzt hatten.

Nach ihrer Tournee von 1909 verließ Anna Pawlowa das „Mariinski-Theater" in Petersburg, reiste nach Paris wo sie sich dem „Les Ballets Russes" anschloss, wo sie bis 1911 als Solistin und Partnerin des russischen Tänzers und Choreographen Vaclav Nijinski - Вацлав Нижинский, der 1919 in geistige Umnachtung fiel, arbeitete.

Die Pawlowa hatte oft wie Nijinski Dissonanzen mit ihrem Impressario Sergej Djagilew, den geschäftstüchtigen Veranstalter der legendären „Russischen Saisons", in denen russische Künstler im Ausland, vor allem aber in Paris auftraten. Der Impressario sah darüber großzügig hinweg, wenn es um Interessen seines Stars ging, solange die Pawlowa nur für ihn tanzte.

Aber dennoch entschied sich die Ballett-Prinzessin bereits 1910 für einen „freien Flug", nach nur einer Saison im Djagilewschen Bühnenunternehmen. Obwohl sie dem Impressario viel zu verdanken hatte und später dem Choreografen Roland Petit zustimmte, der einmal sagte: „Wir stammen alle aus Djagilews Mantel". Einem Mantel, den Sergej Djagilew schützend über seine Truppe ausbreitete und mit dem er wie ein großer Magier die besten Komponisten verpflichtetend hervorzauberte, die berühmtesten Maler für die Bühnenbilder, Auftritte an den größten Häusern Europas und sagenhafte Gagen hervorzauberte. Die Bühnenbilder für „Les Ballets Russes" sind von den herausregenden

Malern ihrer Zeit Pablo Picasso und Henri Matisse entworfen worden. Die Musik stammte aus den Federn der begnadeten Komponisten wie Maurice Ravel, Claude Debussy, Igor Strawinsky und Sergej Prokofjew.

Andererseits war der unabhängigen wie eigensinnigen Ballerina ihr Impressario Djagilew zu herrschsüchtig. Für die Trennung gab es noch einen sehr wichtigen anderen Grund. Anna Pawlowas Geliebter, Baron Victor Dandré, hatte für ihre Kostüme für Djagilews Bühnenunternehmen ein Vermögen ausgegeben und wanderte wegen seiner Schulden hinter Schloss und Riegel. Dank ihres Vertrages mit einer Londoner Theateragentur konnte die gefragte Primaballerina alle Forderungen begleichen und ihren Geliebten aus dem Gefängnis befreien.

Mit neunundzwanzig Jahren gründete Anna Pawlowa mutig ihre eigne Truppe, mit der sie in vielen Ländern gastierte. Auch dank der Auftritte der Pawlowa wurde das russische Ballett weltweit bekannt und setzt bis heute Maßstäbe für den klassischen Tanz. In zahlreichen Metropolen der Welt entstanden, angeregt durch sie, nationale Balletttheater. Anna Pawlowa genoss die Gunst vieler europäischer Monarchen und die schönsten Frauen in Berlin, Paris, Moskau und New

York imitierten ihre Frisur, ihre Kleidung und ihre Gesten.

1913 besuchte der Komponist Camille Saint-Saëns Anna Pawlowa in ihrem Haus in London. Er spielte für sie die Musik, die sie für ihn und Millionen auf der ganzen Welt getanzt hatte und gestand ihr: *„Nie werde ich mehr etwas Anständiges komponieren können, was auf einer Stufe stehen könnte mit Ihrem Tanz als sterbender Schwan in Schwanensee."*

In Stockholm begleiteten Anna Pawlowa einmal ein paar tausend Menschen nach der Vorstellung zu ihrem Hotel. Die schwedischen Ballettliebhaber standen stundenlang schweigend unter den Fenstern ihres Zimmers, weil sie die Ballerina in ihrer Ruhe nicht stören wollten. Als die Pawlowa nach einem kurzen Schlummer erwachte und die Wartenden sah, öffnete sie ihre Fenster und warf die Blumen aus den ihr zuvor auf der Bühne überreichten Körben in die Menge.

So war das, auf der einen Seite unbeschreibliche Erfolge und auf der anderen Hass und Neid. In den Boulevard-Blättern wurden ihre Fotos und Lügengeschichten über ihr Leben massenweise gedruckt. Der Preis für die Legende um Anna Pawlowa war für die Künstlerin ungeheuer hoch. Über 300.000 Meilen Reisen und nahezu 4.000

Vorstellungen nennt ihr Dirigent Theodore Stier allein für die Zeit von 1910 bis 1925.

Zwanzig Jahre lang tanzte die Pawlowa acht bis neun Mal in der Woche auf der Bühne in Opernhäusern und vor Königen und Fürsten in Solopartien bis zur physischen und psychischen Erschöpfung. Sie gönnte sich nur einmal im Jahr, stets am 31. Dezember, eine Erholung, einen einzigen freien Tag.

Und der gefeierte Bühnenstar hatte so gut wie keine Privatsphäre. Auch Kinder durfte sie nicht bekommen, denn noch in St. Petersburg hatte ihr Geliebter und auch Mäzen Dandré ihr verboten, schwanger zu werden, aus Angst um ihre Figur.

Anna beneidete die Tänzerinnen, die sich Kinder gewünscht und bekommen hatten. Sarkastisch sagte sie über sich: *„Die wahre Künstlerin lebt wie eine Nonne, hat kein Recht, ein Leben zu wollen, wie es die meisten Frauen führen. Schauspieler müssen alles um die Liebe wissen, die sie allabendlich auf der Bühne spielen, ohne sie jemals gelebt zu haben."* Bittere Worte. Ihr Trost, die Menschen dankten es ihr, spürten sie doch, dass sie im Tanz der Pawlowa etwas Einzigartiges und nie Dagewesenes erlebten. Das war die Motivation, die Anna Pawlowa zu ihrer unvergleichlichen, weltweiten Ballett-Mission zwischen Europa, Amerika, Asien und Australien antrieb und über die sie sagte: *„Die Menschen sollen bei meinem Tanz alle ihre Sorgen und ihren Kummer auf einmal vergessen."*

Obwohl sie ihr letztes Gastspiel 1914 in St. Petersburg gab, hat sie ihre ärmliche Kindheit und ihre Geburtsstadt nie vergessen. Aus ihrer Wahlheimat Großbritannien, wo sie mit ihrem Mann Victor Dandré im Londoner Stadtteil Hampstead das „Ivy House" - Efeu-Haus in The North End Road direkt an der Themse erst mietete und später kaufte, schickte sie nach der Oktoberrevolution Lebensmittel für die Künstler des Mariinski-Theaters sowie Medikamente in den gerade gegründeten Sowjetstaat und unterstützte nach Kräften junge, russische Ballettkünstler.

Nach zwei Jahrzehnten, in denen sie fast ständig unterwegs war, fühlte sich Anna Pawlowa ausgebrannt. Im Januar 1931 verunglückte der Zug, mit dem die Kranke von Cannes nach Paris fuhr. Die Ballerina blieb dabei zwar unverletzt, erkältete sich aber stark während der zwölf Stunden, in denen die Wagen ungeheizt blieben. Bei der kurz danach gestarteten Abschiedstournee in den Niederlanden litt Anna Pawlowa an einer schweren Rippenfellentzündung. Hohes Fieber, Hustenreiz und Atemnot quälten sie. Auch die besten konsultierten Ärzte konnten ihre schwere Erkrankung, die das Herz geschwächt hatte, nicht mehr kurieren. Die begnadete Tänzerin starb in den frühen Morgenstunden des 23. Ja-nuar 1931 im Alter von nur 49 Jahren in einem Zimmer des „Hôtel des Indes" in Den Haag. Einer Legende zufolge bat sie kurz vor ihrem Tod, ihr des Schwanenkostüm vorzubereiten.

Max Slevogt hatte Anna Pawlowa 1909 gemalt, ein Bild, das heute in der Dresdner Gemäldegalerie Neuer Meister zu sehen ist. Jahre später erschienen Bücher und Kinofilme wie der international produzierte Streifen unter der Regie von Emil Lotjanu und mit der Ballerina Galina Beljajewa in der Hauptrolle „Ein Leben für den Tanz" über die Pawlowa, eine der größten Legenden des 20. Jahrhunderts. 1928 war angeblich unter ihrem Namen das Buch *„Tanzende Füße. Der Weg meines Lebens"* erschienen, das sie als plumpe Fälschung bezeichnete. Roland Petit nannte eines seiner Ballettspiele *„Meine Pawlowa".*

Tanzend ist sie auf einer russischen Silbermünze von 1993 abgebildet und eine McDonnell Douglas MD-11 der niederländischen Fluggesellschaft KLM - Royal Dutch Airline mit der Kennung *PH-KCH* trägt ihren Namen. Kurios auch, dass das neuseeländische Nationaldessert Pavlova heißt und 1926 von einem Koch eines Hotels in Wellington erstmals kreiert wurde. Der ließ sich von dem Tutu der russischen Balletttänzerin inspirieren und sagte *„...es ist leicht wie die Pawlowa"*.

Ich sehe die Pawlowa und sehe zwei Bilder von zwei Schwänen, einem unsterblichen und einem lebendigen. Unsterblich ist Anna Pawlowa, die majestätische, zarte und scheinbar schwerelose Tänzerin, die über die Bühne, die kaum ihre Ballettschuhe berührten, schwanengleich zur Musik von Camille Saint-Saëns in Michail Fokins Stück schwebte. Dem anderen, dem lebendigen Lieblingsvogel der Ballerina in ihrem Garten bei London hatte man dagegen die Flügel gestutzt, damit der Schwan nicht davonflog. Welch eine Groteske.

Die Leuchtfeuer auf der Strelka

Einer der schönsten Ansichten von St. Petersburg ist der Blick von der Peter-und-Pauls-Festung hinüber zur Börse. Hier teilt sich der Fluss in die Große und Kleine Newa, die sonst nirgends so breit und mächtig dahinströmt, die Mündung in die Ostsee einmal ausgenommen.

In den Finnischen Meerbusen trägt der wasserreiche Strom, der 32 Kilometer durch St. Petersburg fließt und der nördlichsten Millionenstadt mit seinen Kanälen und Nebenflüssen dieses venezianische Flair verleiht, ebensoviel Wasser wie der mächtige Nil ins Mittelmeer.

Drüben auf der Wassiljew-Insel fällt sofort das imposante Bauwerk ins Auge, das mit seinen 44 Säulen wie ein antiker griechischer Tempel anmutet. Das Gebäude der Börse, das auf einem mächtigen Granitsockel ruht, ist das Prachtstück der Strelka, wie dieser halbrunde Landvorsprung genannt wird. Auf dem Rasen blühen im Frühjahr Anfang Mai tausende Tulpen, ein Geschenk aus Amsterdam. Für Holland ist der Aufenthalt des einstigen Zaren Peter I., der liebevoll Baas Peter genannt wurde, unvergessen. Auch weil sich der Zar inkognito ernsthaft dem Studium des Schiffbaus gewidmet hatte und nicht der Sauferei und Hurerei seiner russischen Begleitung, die eine Rechnung von einer halben Million Gulden machte, die der Zar dann mit Naturalien, mit wertvollen Fellen, mit Holz und Eisen bezahlen musste.

Wohl gewählt war der Platz, denn hier befand sich, als mit dem fünf Jahre andauernden Bau der Börse 1805 begonnen wurde, seit 1730 der Seehafen von St. Petersburg. Des großen Zaren Peters I. Traum war in Erfüllung gegangen. Russland hatte mit dem Sieg über die Schweden, die bis dahin das Baltische Meer beherrschten, einen Hafen als Tor zum Westen und Puschkin schrieb *„...froh werden alle Flaggen wehn...uns bringend fremdländische Gäste..."*

Wenn auch die meisten mit der Postkutsche oder dem Reiseschlitten kamen, wie die Schriftsteller Casanova oder 1858 Alexandre Dumas, der vor seinen Gläubigern in Paris floh. Auch der erste Präsident der Kaiserlich-Russischen Akademie, der Deutsche Blumentrost, der Unternehmer Alfred Nobel und Physiker Johann Euler, Preußens Botschafter Bismarck oder der Bildhauer Falconett waren Gast in der Stadt an der Newa. Mit den Fremden, ob Bäcker oder General, Architekt oder Arzt, Wissenschaftler oder Ingenieur wurde St. Petersburg internationaler, bekam die Stadt an allen Ecken und Enden ein beinahe exotisches Gepräge. Ägyptische Sphinxe ruhen am Newa-Ufer, Löwen zieren Brücken, eine prächtige morgenländische Moschee ragt mit ihrer hellblauen Halbmondkuppel in den Himmel und die goldbedachte Pagode eines Buddha-Tempels aus rotem Granit zieht bewundernde Blicke auf sich.

Es gibt eine armenische Kirche und auf dem Newski-Prospekt ein reformiertes Gotteshaus der deutschen Petri-Gemeinde, französische Skulpturengruppen an Palästen und ein Denkmal für Darwin, das Englischen Ufer am Ehernen Reiter und den Finnischen Bahnhof, wo Lenin im April

1917 aus der Immigration nach Petrograd zurückkehrte und von einem Panzerauto zu den revolutionären Massen sprach.

Die Fassade der Börse gibt sich mystisch, national und vor allem maritim. Da taucht auf der einen Seite zwischen den Säulen Meeresgott Neptun in einem von zwei Pferden gezogenen Prunkwagen aus den Fluten, zu ihm aufschauend zur Linken sitzt die anmutige, barbusigen Newa und rechts staunt der Recke Wolchow auf den Gott mit dem Dreizack. Sein Pendant bilden die Isis, die auch Göttin der Schifffahrt ist und der Gott des Handels Merkur mit weiteren Flüssen.

Seit 1885 beherbergt dieses imposante Gebäude das Zentrale Kriegsmarinemuseum, dessen Grundstein einst schon 1709 durch Peter I. und seine Modellsammlung von Schiffen gelegt wurde. Detailgetreue maritime Miniaturen, die der Zar in Holland angefertigt hatte und die später zum Vorbild für den Bau der ersten russischen Kriegsflotte dienten. Die vielleicht interessantesten Exponate des Museums sind ein am Fluss Bug gefundenes etwa dreitausend Jahre altes ausgehöhltes Boot sowie der „Großvater" der russischen Flotte, das vom handwerklich geschickten Zaren eigenhändig gebaute berühmte Boot Peters I.

Am Palast-Ufer, unweit der Admiralität, ist diese Situation in Bronze festgehalten, Zar Peter als Zimmermann mit einer Axt ein Holz bearbeitend. Diese Statue ist eine Kopie des um 1900 gegossenen Werkes des Bildhauers L. Bernstam, das in den Tagen der Oktoberrevolution 1917 vom revolutionären Mob zerstört worden war. Zum Glück wurden die alten Formen noch gefunden.

Im Marinemuseum werden auch die persönlichen Sachen Peters I., darunter auch seine Tischleraxt sowie die Uniform und persönliche Gegenstände des legendären Admirals Pawel Stepanowitsch Nachimow aufbewahrt. Des Helden des Krimkrieges, der die Verteidigung von Sewastopol, des Heimathafens der russischen Schwarzmeerflotte 1855 leitete und bei einer Inspektion der Festungsanlagen des vorgelagerten Forts Malakow durch die Kugel eines feindlichen Scharfschützen tödlich verwundet wurde.

Wie zwei Wächter rahmen zwei mächtige rote Rostrasäulen die schneeweiße Börse ein. Sie sind 32 Meter hoch und entstanden in der Zeit mit dem Gebäude der Börse. Als die feierliche Grundsteinlegung 1805 stattfand, verbarg man unter dem Fundament eine Goldmedaille, auf der die Uferstraße, die Börse und die Rostrasäulen geprägt waren, die damals nur auf den Zeichnungen der Planer und Architekten existierten.

Der Name der Säulen stammt aus dem lateinischen Wort „rostrum" für Schiffsschnabel. Es geht auf die römische Tradition zurück, nach der abgesägte Bugspitzen, die so genannten Schnäbel der eroberten Schiffe nach den gewonnenen Seeschlachten gegen Karthago als Trophäen an Triumphsäulen angebracht wurden.

Auch die Rostrasäulen auf dem Börsenplatz sind Monumente des Kriegsruhms der russischen Flotte und dienten zugleich als Leuchtfeuer für den Hafen bei dichtem Nebel. Die haushohen und weithin sichtbaren Säulen sind aus Steinblöcken zusammengefügt und im Innern mit einer Wendeltreppe versehen, um die riesigen Fackeln auf der oberen Plattform anzuzünden. Während des Beschusses durch faschistischen deutschen Truppen wurden sie stark beschädigt. Deshalb mussten die Schiffsschnäbel neu gegossen und so manche Spur eines Granatsplitters ausgebessert werden.

Mein Petersburger Bekannte Garij Issakowitsch meint, man hätte einige Einschläge an Fassaden und Denkmälern der über 140.000 Geschosse, die die Nazi-Wehrmacht im Laufe der Belagerung Leningrads in die Stadt geschossen hat, nicht restaurieren, sondern sie als Mahnmale beschriften und erhalten sollen, so wie bei den Rossebändigern an der Anitschkowbrücke.

Heute sind die Rostrasäulen mit Gas gespeist und werden zur Freude der Petersburger und der zu allen Jahreszeiten gastlich begrüßten Touristen an Feiertagen der Stadt, wie etwa dem beliebten Flottentag, entzündet, so dass die sieben Meter hohen Flammen in den Nachthimmel streben und sich im nächtlich dunklen Newawasser spiegeln.

Der Rostrasäulen Fackelschein
den Schiffen wies den Weg
in Peters Hafen sicher ein
nach stürmisch Baltischer See.
Wenn Anker und die Segel fallen
grüßt gold der Festung Nadel
und die Haubitzen krachen nur
wenn Springflut oder Eisgang droht
auch Tod, Geburt vom hohen Adel.

Am Fuß der Säulen haben allegorische Figuren vom Meister Suchanow gestaltet ihren Platz gefunden, die die russischen Ströme Newa, Wolchow, Wolga und Dnepr versinnbildlichen sollen. Das sind natürlich nicht die mächtigsten Ströme des Landes, vor allem die nur 74 Kilometer lange Newa und auch der 224 Kilometer lange Wolchow gehören nicht in die erste Wahl, wenn man an Ob, Lena und Jenissei denkt. Aber es ist wohl einerseits dem Lokalpatriotismus der

Petersburger geschuldet und andererseits auch der geografischen Unkenntnis jener Zeit über die wahren Dimensionen der sibirischen Ströme. Die wurden erst einige Jahrzehnte später vermessen. Auch deutsche Geografen trugen schon im frühen 18. Jahrhundert zur Erforschung der „schlafenden Erde", wie die Ureinwohner ihre Heimat nennen, bei. Bei den Ewenken habe ich erfahren, dass „sib" - schlafen und „ir" - Erde bedeutet und die Verwandtschaft mit unserem Wort irdisch hat mich verblüfft.

Damals folgte ich für meine Reisereportage „Sibirischer Sommer", erschienen schon 1978 im renommierten Brockhausverlag, den Spuren von Johann Georg Gmelin, dem deutschen Professor für Chemie und Naturgeschichte an der Kaiserlichen Akademie der Wissenschaften in St. Petersburg, der von 1733 bis 1743 an der Großen Nordischen Expedition teilnahm und sich als Entdecker und Autor der *„Flora Sibirica"* einen Namen machte. An dieser Reise nahm auch ein gewisser Gerhard Müller teil, der eigentlich als Lateinprofessor an der russischen Akademie lehrte und der mit seinem Standardwerk *„Beschreibung der sibirischen Völker"* als Vater der sibirischen Geschichtsschreibung in die Analen der Wissenschaft einging.

Der deutsche Arzt und Naturforscher Georg Steller nahm an der Zweiten Kamtschatka-Expedition unter Vitus Behring teil, jenes Seefahrers und Entdeckers, nach dem die Behringstraße benannt ist und der auch den Ehrennamen „Kolumbus des Zaren Peter I." erhielt. Steller entdeckte und beschrieb besonders die Fauna des Fernen Ostens und ihm zu Ehren wurden im Lateinischen der Riesenseeadler, die Scheckente, die Stellersche Seekuh und der Stellersche Seelöwe nach ihm benannt.

Schon im Auftrag Peter des Großen bereiste Daniel Messerschmidt Sibirien und beschrieb die Natur und Landschaft des Subkontinents. Er war 1719 auf dem mächtigen Strom Jenissei unterwegs und 1722 auf dem Ob, der damals noch Tschulym hieß. Leider war seine Rückkehr 1727 wenig erfreulich, denn sein Gönner und Auftraggeber Zar Peter war zwei Jahre zuvor gestorben. Statt der versprochenen 800 Silberrubel bekam Messerschmitt nur einen Bruchteil ausgezahlt. Außerdem musste er alle Aufzeichnungen und Materialien der Akademie übergeben, eine umfangreiche Sammlung und durfte keines seiner Ergebnisse selbst veröffentlichen. Auf tausenden Seiten hatte er 265 Vogelarten beschrieben, 80 dort vorkommende Säugetiere und 60 Fischarten. Zu seinem Expeditionsgepäck gehörte eine sehr große Kollektion von präparierten Insekten, ein Herbarium hunderter Pflanzen sowie unzählige Minerale und Fossilien.

Die aufgeklärte und engagierte Zarin Katharina die Große, Екатерина Великая, die einstige deutsche Prinzessin Sophie Auguste Friederike von Anhalt-Zerbst, setzte Peters Werk fort und verpflichtete wieder deutsche Naturwissenschaftler, das unendlich große und an Bodenschätze reiche Land jenseits des Urals zu erforschen. Sie beauftrage den gebürtigen Berliner Peter Pallas, ein ordentliches Mitglied der Akademie der Wissenschaften zu St. Petersburg, mit einer Expedition. Er entdeckte 1771 beim sibirischen Krasnojarsk beachtliche Vorkommen von Stein-Eisen-Meteoriten, die als Pallasiten in die Wissenschaft eingingen.

An einer seiner Forschungsreisen nahm auch der Apotheker aus Stendal, Johann Georgi teil, der 1769 nach St. Petersburg gekommen war und schon mit Peter Falk im Jahr 1770 erstmals Sibirien bereist hatte. 1772 machte er sich dann mit Peter Pallas auf in das rätselhafte Land jenseits des Urals. Das große Verdienst von Georgi ist die Kartografie des Baikalsees - óзеро Байкáл, des größten Süßwasserreservoir der Welt, indem er den See umrundete und befuhr.

Dieses Binnenmeer verdient noch ein paar Zeilen, vor allem, weil es noch immer ein Geheimtipp für Russlandtouristen oder Reisende mit der Transsibirischen Eisenbahn ist. Der See trägt zahlreiche romantische Namen, wie reines, blaues Auge Sibiriens, glänzende Perle der Taiga, heiliges Meer, blauer Juwel in der grünen Krone Sibiriens oder einfach Väterchen Baikal. Sein tiefblaues und glasklares Wasser, das sich im Schoß der umgebenden schneebedeckten Berge sammelt, von Gletschern, die mit ihren Zungen am See lecken und von 336 Flüssen, die dem Baikal überreichlich Wasser zuführen. Der berühmte russische Forscher Wereschtschagin - Верещагин - veröffentlichte allein 286 Abhandlungen über den See, der eigentlich ein kleines Meer und immer noch voller Rätsel ist.

Der Baikal liegt genau 454,4 Meter über den Meeresspiegel, ist etwa fünfundzwanzig Millionen Jahre alt und damit der älteste Süßwassersee der Erde. Der Diamant reinsten Wassers ist 636 Kilometer lang, zwischen 25 und 80 Kilometer breit und birgt mit seiner Tiefe von bis zu 1.642 Metern etwa ein Fünftel der Süßwasserreserven unseres Planeten. Die Tiefe aber ist relativ, denn hier bebt mehrere hundert Mal im Jahr die Erde und nicht selten so stark, dass in der 69 Kilometer entfernten Stadt Irkutsk manchmal wie von Geisterhand die Glocken läuten.

Überall kann man bedenkenlos das Wasser des Sees trinken, es ist weit besser als das, was wir Städter aufbereitet in Berlin, Hamburg oder München aus dem Hahn bekommen. Seine Reinheit verdankt der See einem winzigen Flohkrebs, der einen Großteil der Biomasse des Sees ausmacht. Ein besonders fleißiger Arbeiter ist dieses klitzekleines Krebslein, der Baikal-Epischura, der auch die kleinsten Algen und Bakterien vertilgt. Dieser Krebs ist nur eineinhalb Millimeter lang, aber auf einen Quadratkilometer Wasserschicht zählen die Wissenschaftler zuweilen bis zu drei Millionen dieser nützlichen Tierchen. Leider sind sie sehr anspruchsvoll und Versuche, sie in anderen bedrohten Gewässern anzusiedeln, scheiterten ausnahmslos. Ein anderer, etwas größerer Flohkrebs, der von den am See lebenden Burjaten Jur genannt wird, kann tote Fische, ertrunkene Insekten und sogar kleine Landsäuger vertilgen.

So ist der Baikal unheimlich klar, dass man eine Münze, die man hinein wirft, was bedeuten soll, dass man den See eines Tages wieder sieht, noch lange beim Versinken auch noch nach fünf Metern taumelnd blinken sieht.

Der Schamanenstein, auf dem einst der Sage nach die mächtigen Geister gewohnt haben sollen, ist mit einer Legende verbunden. Zu seinen Füßen entströmt die Angara dem Baikalsee, der einzige Fluss, der das Süßwassermeer verlässt. Und die am Meer Wohnenden, die Podlemorzy, wie sie sich nennen, erzählten mir diese Geschichte: *336 Söhne hat der alte Baikal und nur eine einzige Tochter, die schöne Angara. Der ergraute Vater liebte das Mädchen über alles und hütete sie eifersüchtig. Er zitterte und bangte um sie und fürchtete, sie eines Tages zu verlieren. Lange lebte die Angara im Hause ihres Vaters und spielte in den Wellen mit den Fischen und den Robben. Doch eines Tages erfuhr die anmutige Angara von den Zugvögeln, dass fern hinter den Bergen im Norden der Taiga der starke Recke Jenissei lebte, ein ansehnlicher Bursche, der auf der ganzen Welt nicht seines Gleichen hatte. So sangen die Vögel. Und die schöne Angara, die zu einer bezaubernden Jungfrau herangewachsen war, ergriff eine bis dahin nicht gekannte Unruhe. Sie ahnte die Ursache, denn sie hatte sich unsterblich in den Helden Jenissei verliebt. In einer lauen Sommernacht, als der Kultuk mild vom Herzsee herunterwehte, von dort, wo sich die Liebenden ewige Treue schwören, floh die Angara heimlich aus dem Hause* ihres Vaters. Mitten in der Nacht erwachte der greise Baikal und entdeckte, dass seine Tochter fehlte. Da wurde er zornig, raste, tobte und schäumte. Er entdeckte sie am Ausgang des Sees. In seiner Wut riss er mit gewaltiger Kraft einen Felsen los und warf ihn der Angara in den Weg, so dass sich eine Stromenge bildete. Doch sie ließ sich nicht aufhalten und der alte Baikal sah seine Tochter behände entschwinden. Sie brauste wie der Wind dahin, überwand alle Hindernisse, bis sie sich nach langer und beschwerlicher Wanderung mit ihrem geliebten Jenissei vereinte.

Nichts kann wohl den Charakter des launischen 1.850 Kilometer langen Flusses Angara besser beschreiben als diese Sage.

Pariser Romanze der Anna von ganz Russland

Sie ist die tragische Muse der russischen Poesie, Anna Achmatowa - Анна Ахматова, die die Petersburger die Ihrige nennen, obwohl sie bei Odessa am Schwarzen Meer als drittes von sechs Kindern geboren wurde. Aber der Vater, ein Marineingenieur, wurde nach St. Petersburg gerufen, als die kleine Anna gerade ein Jahr alt war. Also war Pieter ihre erlebte Kindheit.

Und genau wie vor ihr schon Puschkin durfte Anna Gorenko, so ihr Mädchenname, im ausgezeichneten Lyzeum in Zarskoje Selo, dem Sommersitz der Zaren, bis zu ihrem 16. Lebensjahr in sozial privilegierter Umgebung lernen. Die Sommermonate verbrachte die Familie meist auf der Krim am Schwarzen Meer. Und genau wie der Genius der russischen Poesie Puschkin begann sie recht früh Gedichte zu verfassen. Ihre ersten Verse schrieb sie im Alter von elf Jahren, doch nicht unter dem Namen ihres Vaters Gorenko, da sie um seinen guten Ruf fürchtete, sondern unter dem Pseudonym ihres bulgarisch-türkischen Urgroßvaters Chan Achmat.

Die Ausbildung an der Eliteschule des Zaren war eine gute Grundlage für Studien in Kiew und St. Petersburg, wobei sie von Jura zur Geschichte und später zur Literatur wechselte.

1910 heiratete sie den Dichter Nikolai Gumiljow, den sie schon seit ihrer Schulzeit kannte und der ihr lange und verzweifelt den Hof gemacht hatte. Mit ihm reiste sie nach Italien und Paris, wo sie den Künstler Amedeo Modigliani, der ihr erzählte, dass er im Fiebertraum, Freunde sind gewiss, dass es ein Drogenrausch war, seine Berufung zur Kunst erkannt habe. Ungeachtet ihrer jungen Ehe verliebte sich die Russin Hals über Kopf in den attraktiven, italienischen Maler und ging mit ihm ein Verhältnis ein.

Als Zwanzigjährige stand Anna Achmatowa Amedeo Modigliani auch nackt Modell. Die *„Schönheit mit Ponyfrisur"* hatte zunächst keine Ahnung, mit welch bedeutendem Maler sie damals auf den Parkbänken des Jardin du Luxembourg in Paris ihr Rendezvous genoss, während sie ihm im Regen Verlaines Gedichte zitierte. Und Modigliani ahnte ebenso wenig von den gerade erwachenden dichterischen Ambitionen seiner jun-gen russischen Muse, die ihm am Tage Modell stand und des Nachts sein schmales Bett in einer Dachkammer über den Dächern von Paris teilte.

Nur zwei von seinen sechzehn Achmatowa-Porträts wurden gerettet. Immer wieder vernichtete er selbst seine Arbeiten und nannte sie *„kindliches Zeug."* Zeitzeugen behaupten, gesehen zu haben, wie sich während der Revolutionswirren 1917 in St. Petersburg Rotarmisten mit Modigliani-Zeichnungen der Achmatowa ihre Papirossy angezündet hätten. Aber da hatte Modigliani die Achmatowa schon in den Armen der Kunststudentin Jeanne Hébuterne, der Schönen mit den Katzenaugen, vergessen.

Das Bildnis „Anna", das der russischen Poetin fälschlich als Modell zugeordnet wird, entstand erst 1918 und zeigt die Frau des polnischen Dichters und Kunsthändlers Hanka Zborowka, das Modigliani oben links signierte und oben rechts das Wort *ANNA* einfügte.

Dieser Modigliani lebte seit 1906 in Paris, angezogen von der dortigen Künstlerszene, die als fortschrittlich galt, neue Kunststile entwickelte und etablierte. Damals gab es nur zwei Adressen für die künstlerische Avantgarde, Frankreich oder Russland. Die Kritik bezeichnete sie mit dem Spottnamen *„Les Fauves* - Die Wilden". Modigliani, recht erfolglos, lebte in Montmartre und hatte ein mehr als bescheidenes Atelier. Als er die junge russische Lyrikerin kennen lernte, versuchte er in braunen Samthosen, scharlachrotem Schal und einem großen schwarzen Hut à la Boheme wie ein Künstler auszusehen. Der chilenische Maler Manuel Ortiz de Zarate sagte über Amedeo, dass er ein Dandy wäre, der bei den Frauen sehr beliebt war.

Auch die Russin Anna fand ihn anziehend, mit seinem sanften Mund, den nachdenklichen Augen und dem dunklen Haar. Außerdem teilte sie seine Ansicht, dass Künstler, ob Maler oder Poet, kein Beruf sei, den man durch Fleiß erlernen könne, sondern mehr ein Zustand der Gnade, den man durch eine geistige Erhebung zu erlangen vermöge. Dass dabei auch Haschisch und

Absinth im Spiel waren, das gehörte einfach für die Künstler dazu.

Der Maler André Utter, der zum Freundeskreis von Modigliani gehörte, berichtet in diesem Zusammenhang von einem interessanten Ereignis: *„Während einer nächtlichen Alkohol- und Haschischorgie bei Pigeard...stieß Modigliani plötzlich einen Schrei aus, griff nach Papier und Bleistift und begann fieberhaft zu zeichnen, wobei er ausrief, er habe endlich seinen Weg gefunden. Als er fertig war, zeigte er triumphierend die Studie eines Frauenkopfes mit dem Schwanenhals, der ihn später berühmt gemacht hat."*

Es ist möglich, dass ihn gerade die schlanke schöne und stolze Anna zu dieser Art der Darstellung inspiriert hatte, ihn, der die Frauen vorbehaltlos liebte und seine Gefühle auch auf seine über dreißig gemalten Akte übertrug.

Für den jungen Miodigliani, der seit 1900 an Tuberkulose erkrankt war, erfüllte die Zuneigung der jungen russischen Lyrikerin für ihn, der unter Einsamkeit und unter Erfolglosigkeit litt, sein Verlangen nach Beachtung, Zärtlichkeit und Liebe. Er lebte oft in den Tag hinein und als sie ihn ermunterte, zu malen, erwiderte er: *„Ich mache täglich mindestens drei Bilder in meinem Kopf. Aber wozu Leinwand daran verschwenden, wenn sie doch niemand kaufen will."*

Er wechselte notgedrungen oft die Wohnungen, weil das Geld für die Miete fehlte und er Hals über Kopf die Wohnung verlies, wobei er nicht selten auch einige Bilder zurück lassen musste.

Die junge russische Lyrikerin war von dem ungebundenen Lebensstil des Malers beeindruckt, der gerade mit dem Porträt „Die Amazone" der Baronin Marguerite de Hasse de Villers den ersten bezahlten Auftrag erhalten hatte. Aber mit Liebe, so ein russisches Sprichwort, macht man die Pferde nicht satt. Denn trotz seiner gesundheitlichen und finanziellen Probleme nahm Amedeo Modigliani am sorglos ausschweifenden Leben der Künstler von Montmartre teil.

Da er aber ansonsten keinen Erfolg mit seinen Bildern und gerade den rumänischen Bildhauer Constantin Brâncuși kennen gelernt hatte, begann Modigliani mit der Steinbildhauerei, die für einige Zeit in den Vordergrund seines Schaffens trat. Das war die künstlerische Periode, als er sich in Anna Gumiljowa-Achmatowa als seine Muse verliebte. Einer seiner Freunde, der deutsche Maler Ludwig Meidner schrieb über den lebenslustigen und stets betrunkenen Bruder Leichtfuß: *„Unser Modigliani…war ein charakteristischer und gleichzeitig hoch begabter Vertreter der Bohème vom Montmartre; wahrscheinlich sogar der letzte echte Bohémien."*

Und so flirtete der Italiener mit Revuemädchen, Modellen und Dirnen munter drauflos, ungeachtet der Gefühle seiner russischen Geliebten. So scheiterte die Romanze des italienischen Malers mit der stolzen Anna und eröffnete für sie eine lange Reihe unglücklicher Liebesbeziehungen, an denen die Achmatowa bis ins hohe Alter litt.

Anna Achmatowa kehrte enttäuscht und von Sehnsucht geplagt 1911 zurück nach St. Petersburg, ihrer *„dunklen Stadt am drohenden Fluss voller innerer Unruhe"*.

Und wir hier - Lust und Last ist unser Leben.
Oh, der Begegnung schweres Spiel, du weißt,
wenn aufspringender Wind wie leises Schweben
vom Mude uns reißt das webende Gespräch.
Doch nichts gilt mir so viel wie diese
granitne, ruhmreich leidensvolle Stadt,
deren Turmprofil in Flüssen wiederkehret,
und seine Gärten, still, düster, regensatt,
diese Stimme, hörbar kaum, die Muse.

Paris hatte ihr die Heimat Russland, das schwermütige und poetische Dasein näher gebracht und so wurde 1912 für sie zum Schicksalsjahr. Ihr erster Gedichtband „Abend" erschien, Verse, die von der Natur und der Liebe handeln, von Eifersucht und Verzeihen. Leidenschaft in vielen

Variationen und voller tiefer Melancholie. Dieses Lyrikbändchen wurde wie die Folgebände „Der Rosenkranz" und „Der weiße Schwarm" bei Kritik und Publikum nach ihrer Meinung nur „wohlwollend" aufgenommen. Doch die Feuilletons angesagter Zeitungen der Hauptstadt feierten ihre Gedichte als Ereignis in der literarischen Welt: *„Hier ertönt eine frische diesseitige Stimme; sie nannte jedes Ding bei seinem Namen und ließ die Intonationen des Alltagsgesprächs in schlichten, keineswegs melodischen Versen erklingen...Ihre Lyrik steht nicht dem Lied, sondern der Prosa nahe. Die Gedichte werden kurz und intensiv, die Worte deutlich und selbständig. Es ist nicht mehr die Musik, die den Vers bestimmt, eher das Sachliche, der Sinn".*

Als Beispiel steht hier Zarskoje Selo, das 1912 veröffentlicht wurde.

Ты письмо мое, милый, не комкай,
До конца его, друг, прочти.
Надоело мне быть незнакомкой,
Быть чужой на твоем пути.

Не гляди так, не хмурься гневно.
Я любимая, я твоя.
Не пастушка, не королевна
И уже не монашенка я.

В этом сером, будничном платье,
На стоптанных каблуках …
Но, как прежде, жгуче объятье,
Тот же страх в огромных глазах.

Ты письмо мое, милый, не комкай,
Не плачь о заветной лжи,
И его в своей бедной котомке
На самое дно положи.

Zerknülle, Lieber, nicht den Brief, den ich schrieb,
Lies, lieber Freund, ihn bitte bis zum Ende.
Die Unbekannte spielen macht mich müd
Auf deinem Weg wie eine Fremde.

Schau bloß nicht so, so düster zornig drein.
Bin dir die Liebste, ich bin dein.
Bin weder Hirtin dir, noch Königin
Und Nonne will ich längst nicht sein.

In diesem taubengrauen Tageskleid,
Auf Absätzen, die längst schiefgelaufen …
Doch wenn wie früher du mich heiß umarmst,
seh ich die selbe Angst in großen Augen.

Zerknülle, Lieber, nicht den Brief, den ich schrieb,
Wein nicht um die von mir ersehnten Lügen,
Pack sie einfach in dein armseliges Bündel,
ganz unten tief vergessend im Bodenlosen.

Mit ihren Gedichten stieg Anna Achmatowa zum
Star ihrer Generation auf. Und die Lyrikerin

Marina Zwetajewa schreibt neidlos und begeistert: *„Anna Achmatowa! Dieser Name ist ein gewaltiger Seufzer."*

Boris Pasternak, der Autor von *„Doktor Schiwago"* machte der inzwischen Geschiedenen zweimal einen Heiratsantrag und blieb trotz ihrer Ablehnungen ein treuer Freund der Poetin. Im Petersburger Künstlerkeller *„Der streunende Hund"*, einem Treffpunkt der Symbolisten, war die Dichterin ständig umringt von Verehrern. Bei ihren Lesungen gebärdeten sich die zumeist jungen Zuhörer wie wild. Hier und jetzt begann der Mythos der Achmatowa. Zur Ikonographie, die um Achmatowa mit jedem ihrer Gedichte entstand, gehörten ihr Auftreten, ihre Gestik und ihr Aussehen; das Profil mit der fein gebogenen Nase, ihr dunkler Teint, der gerade Pony, der ihre Stirn bedeckte, die fast singende Art des Vortrags ihrer Gedichte und ihr wichtigstes Attribut, den stets von den Schultern rutschenden legendären Schal, eine farbige Stola.

Im prachtvollen Michailow-Palast, dem Museum für Russische Kunst in St. Petersburg, sah ich ihr berühmtes Porträt, ein Ölgemälde, das Nathan J. Altman 1914 gemalt hatte. Das Bild fasziniert den Betrachter und zeigt eine ungemein schöne Frau, trotz ihres jugendlichen Alters bereits mit dem ihr eigenen hoheitsvollen Gestus einer

Dichterfürstin. Sie trägt ein tief dekolletiertes, indigo-blaues Kleid, eine kühn geschwungene goldfarbene Stola, hohe Lackpumps an den Füßen und mit langen Beinen, die sie wirkungsvoll übereinander geschlagen hat. Ihr Gesicht wird geprägt durch geschwungene Brauen, volle, zyklamrot geschminkte Lippen und eine imposant gekrümmte Nase.

Über ein halbes Jahrhundert lang ist sie von vielen Künstlern gemalt und photographiert worden, unter ihnen nach Amedeo Modigliani auch von Moses Nappelbaum, Georgij Wereiskij, Jurij Annenkow und Kuzma Petrow-Wodkin.

Mit Alexander Blok, dem „tragischen Tenor der Epoche", teilte sie die Liebe zum gemeinsamen Idol Alexander Puschkin. Blok starb schon 1921 einsam und krank. Einer ihrer engsten Gefährten war Ossip Mandelstam, der über sie sagte: *„Anna Achmatowa hat die ungeheure Vielschichtigkeit und den ganzen Reichtum des russischen Romans aus dem 19. Jahrhundert in die russische Lyrik eingebracht."*

Leben und Lieben à la Achmatowa wird zur Umschreibung eines neuen Lebensgefühls, das ihre Zeitgenossinnen ihren Gedichten nachleben, mitsamt den Enttäuschungen und Verlusten. Im Jahr 1912 kommt auch Annas einziges Kind, der Sohn Lew, zur Welt. Die Sommer verbringt sie nun auf dem Land in der Datscha der Familie Gumiljow in Slepnjowo unweit von Petersburg. Das romantische Gehöft steht noch heute inmitten von Wiesen, Feldern und Birkenwäldern. Eines der wenigen Refugien der unruhigen Schriftstellerin, die sich selbst *„Vagabundenkönigin, eine frei schweifende heimatlose Herrscherin"* nannte und die sich nach ihren eigenen Worten immer *„unbehaust und unbehütet"* gefühlt habe. Später war es das „Kabäuschen" in Komarowo, das der erst in den sechziger Jahren spät rehabilitierten Dichterin vom russischen Schriftstellerverband zur Verfügung gestellt wurde. In ihre „Bude" in Komarowo hielt sie auf ihrer kleinen Holzveranda Hof und empfing sie während der „Achmatowka" einen unaufhörlichen Strom von Besuchern und Verehrern.

Die mit ihr befreundeten Dichter Brodsky und Rejn beschrieben ihren abendlichen Esstisch, an dem sich *„Redakteurinnen, Theaterwissenschaftler, Ingenieure, Übersetzer, Kritiker und Witwen"* drängelten. Oftmals gibt es nur einen Topf gekochter Kartoffeln, und *„um sieben oder acht standen die Flaschen auf dem Tisch".* Für ein Familien- oder Alltagsleben war die Schriftstellerin absolut untauglich. *„Frauenarbeit",* so eine Freundin, *„war für sie ein absolutes Fremdwort.*

*Niemals in ihrem Leben hat sie einen Kochlöffel
in der Hand gehalten."*
1916 schreibt die Achmatowa in der vorrevoluti-
onären Zeit des Ersten Weltkrieges erbittert:

*Oh Muse des Weinens, schönste aller Musen!
O du wilde Ausgeburt der weißen Nächte!
Du schickst einen Schneesturm über Russland,
dein Wehklagen bohrt sich in uns wie Pfeile.*

Die Oktoberrevolution der Bolschewiki 1917 war
nicht nur eine Zäsur in der russischen und der
Weltgeschichte, sondern auch im Leben vieler In-
telektueller, Dichter, Maler und Schriftsteller. In
der Geschichte der Literatur taucht der Begriff
von einer Generation der vergeudeten Dichter
auf. Viele Künstler in Odessa, Moskau oder Petrograd wurden in den Tod getrieben, sind
schlicht verhungert, flüchteten ins Ausland oder
gingen in die innere Immigration.
Anna Achmatowa blieb, arbeitet als Bibliothe-
karin im Landwirtschaftlichen Institut und veröffentlichte 1922 einen weiteren Gedichtband. Es
sollte für lange Zeit der letzte sein, denn was sie
nicht wusste in ihrer bescheidenen, kleinen Wohnung, die einst die Dienerschaft des Scheremet-
jewschen Palastes an der Fontanka beherberg-
te, gab es einen geheimen Parteibeschluss, der

ihre Poesie für zu privat, nicht motivierend für den Aufbau des Sowjetstaates und für den neuen sozialistischen Menschen war. Sie war still und leise entthront, blieb aber trotzig im Land:

Ich ließ mich nicht von meiner Heimat scheiden,
floh in die Fremde nicht vor der Gefahr.
Ich blieb bei meinem Volk in seinem Leiden,
Blieb, wo mein Volk zu seinem Unglück war.

Diesen Vierzeiler stellte Anna Achmatowa ihrem „Requiem" voran, in dem sie die *„schrecklichen Jahre des Justizterrors"* beschreibt und Zeugnis ablegt vom Unbeschreiblichen. Sie selbst blieb verschont von der Maschinerie des sowjetischen Terrors. Man quälte sie durch Angriffe auf ihre Nahestehenden, ihre Liebsten. Ihr erster Ehemann, der Dichter Nikolaj Gumiljow, wurde als angeblicher Konterrevolutionär schon 1921 erschossen. Ihre nächste Liebe, der Literaturkritiker Nedobrowo, starb 1919 an Schwindsucht. In ihrer zweiten, aber kurzen und unglücklichen Ehe verbrannte der Assyriologe und Übersetzer Wladimir Schileiko einen Teil ihrer Gedichte.
Von 1926 bis 1938 lebte sie mit dem Kunsthistoriker Nikolai Nikolajewitsch Punin zusammen, der auf Jahre verbannt 1953 in einem Arbeitslager bei Workuta starb. Ihr Sohn Lew wurde 1935

verhaftet zum Tode verurteilt und verbrachte begnadigt zwölf Jahre in Lagerhaft und bis 1956 in der Verbannung.

Ahntest du wohl, du geistreiche Spötterin,
Von so vielen geliebt und begehrt,
Du von all deinen Freunden Vergötterte,
Was dir noch das Leben beschert?!
Dass in endloser Schlange du stehen wirst,
Da das Jahr zu Ende geht.
Übers Los der Gefangenen schweigen sich
Die trostlosen Wände aus.
Nur die Äste der Pappeln neigen sich…

Im von der deutschen Wehrmacht eingekesselten Leningrad teilte Anna Achmatowa Hunger und Kälte mit den Bewohnern der Stadt, wurde dann aber nach Taschkent evakuiert, wo sie in Lazaretten Verwundeten ihre Gedichte vortrug. Dort begann sie ihr „Poem ohne Held". In einer Zeit der Bedrohung von außen durch den Zweiten Weltkrieg und von innen durch die Unterdrückung in der stalinistischen Sowjetunion blickte die Dichterin Achmatowa zurück auf das Jahr 1913 und beschäftigte sich mit der untergegangenen Epoche des silbernen Zeitalters der von Mythen und Legenden umrankten Jahre des Höhenflugs der Kultur zu Beginn des 20. Jahrhunderts in Russland.

Anfang der 40er Jahre erschienen noch einige Gedichte, die aber Generalissimus Stalin nicht gefielen und sie traf sie wieder der Bannstrahl der Mächtigen. Unter dem Vorwurf des Individualismus wurde Anna Achmatowa 1946 aus dem Schriftstellerverband ausgeschlossen, nachdem sie während des Zweiten Weltkrieges eine kurze Periode offizieller Anerkennung erlebt hatte. Erst nach dem Tod des Diktators Stalin durfte sie wieder schreiben und veröffentlichen. Die wichtigsten Werke ihres Schaffens wie ihr „Requiem" und ihr „Poem ohne Held", konnten in Russland jedoch erst zwei Jahrzehnte nach Achmatowas Tod unzensiert veröffentlicht werden, eine Gesamtausgabe gibt es bis heute nicht.

Achmatowas Poesie, ihr ergreifendes Schicksal, ihre schöne, ja geradezu majestätische Gestalt verkörpern Russland in den schwersten und tragischsten Jahren seiner tausendjährigen Geschichte. Ein Land, das nach ihrer Meinung geschaffen war für die Dichtkunst:

...Ich kenne überhaupt kein Land, in dem man Gedichte mehr lieben würde als in unserem und wo man sie mehr brauchen würde als bei uns. Als ich im Krankenhaus lag, bat mich… eine einfache Putzfrau: 'Es heißt, Bürgerin, Sie schreiben Gedichte… Könnten Sie mir nicht so

ein kleines Gedicht aufschreiben, ich schicke sie ins Dorf…' Und es stellte sich heraus, dass sie jeden ihrer Briefe mit einem Gedicht beendete.

Sie war unbeugsam stolz, stolz auch in zahlreichen Erniedrigungen und in durchlittener Todesangst; sie war demütig, aber nie unterwürfig; sie blieb spöttisch nüchtern selbst im höchsten Triumph, erhaben in Trauer und gelassen in Freude, sanft weiblich und unerschrocken mutig; eine strenge hellseherische Prophetin. Anna Achmatowa versuchte jugendhaft beherzt und unkonventionell in die tiefsten Geheimnisse des Lebens einzudringen. Als rationalistische Denkerin überraschte sie mit brillanten Gedankenblitzen auch erfahrene Wissenschaftler. Sie gilt als eine Zauberin, die selbst von den magischen Gewalten ihres eigenen musischen Wortes verzaubert war. So würdigte der Schriftsteller und Dissident Lew Kopelew seine von ihm verehrte Landsmännin und zitierte sie:

Unser heiliges Handwerk
Ist tausend Jahre alt…
Auch ohne Licht erhellt es die Welt.
Doch es sagte bis jetzt noch kein Poet,
Es gebe keine Weisheit und kein Altern,
Und, vielleicht, auch keinen Tod.

Ein Jahr vor ihrem Tod, nach Jahrzehnten der Verfolgung und des Totschweigens, durfte Russlands größte Dichterin noch einmal ins Ausland zur Verleihung eines Literaturpreises nach Sizilien und der Ehrendoktorwürde in Oxford. In Taormina nahm sie, *„...eine Zarin der Poesie, die Huldigung des diplomatischen Corps der Weltliteratur entgegen,...eine große Frau, alle Poeten von mittlerer Statur um Kopfeslänge überragend, eine statuarische Erscheinung, an der sich die Wellen der Zeit von 1889 bis heute gebrochen haben."*

Anna Achmatowa hatte als Dichterin und als Frau bis ins hohe Alter über eine ungewöhnliche Ausstrahlung und Würde. Josef Brodsky, ihr Freund und Bewunderer rühmte ihre Schönheit auch im Alter, als sie von Herzinfarkten und Cortison schon gezeichnet war:

„Sie sah einfach überwältigend aus. Ein Meter achtzig groß, dunkelhaarig, hellhäutig, mit den blassen graugrünen Augen der Schneeleoparden." Und er, der auch in diese Frau unsterblich verliebt war und ihr einige seiner schönsten Zeilen widmete, bekannte: *„Die ihr gewidmeten Gedichte füllen mehr Bände als alle ihre eigenen Werke."*

Worte über eine Frau, die die Schmerzen der Liebe und des Verlustes bis zum Unerträglichen erlitten hatte. Drei Ehen und viele Freundschaften endeten unglücklich. Die Achmatowa war dazu verdammt, alle ihre Lieben zu überleben: Ihre Männer starben jung, endeten in Gefängnissen oder im Gulag wie Ossip Mandelstamm 1938 im Straflager bei Wladiwostok oder begingen Selbstmord, wie 1930 Wladimir Majakowski, der immer, wenn er verliebt war, Anna Achmatowas Gedichte las.

Im August 1941 hatte sich ihr Widerpart, die Dichterin Marina Zwetajewa - Марина Цветáева - im tatarischen Jelabuga, wohin sie mit ihrem Sohn Georgi evakuiert war, erhängt. Sie litt dort Hunger und bittere Not, war von Krankheiten geschwächt.

Die Rolle der Melpomene, der klassischen klagenden Muse der tragischen Dichtung und des Trauergesangs, war der Achmatowa ver-hängnisvoll auf den Leib geschrieben. Im Alter von 76 Jahren, zwei Jahre vor ihrem Tod, wurde die Poetin zur Präsidentin des Schriftstellerverbandes der UdSSR gewählt. Eine viel zu späte Wiedergutmachung. Denn Anna Achmatowa starb am 5. März 1966, dem Jahrestag von Stalins Tod, in einem Erholungsheim in Domodjedowo bei Moskau.

Die Moskauer Zeitungen würdigten sie und nannten sie in ihren Nachrufen eine überragende

Schriftstellerin und Lyrikerin. Ihr Grab, zu dem an ihrem Geburtstag hunderte Lyrikfreunde des Landes pilgern und der Anna von ganz Russland mit dem Zitieren ihrer Werke gedenken, liegt in der Siedlung Komarowo an der Ostsee, unweit von Sankt Petersburg, wo sie einst glücklich war.

„Ich geh' dahin, wo wir nichts mehr erwarten,
Wo, der uns lieb war, nur als Schatten weht,
Wo still im Windhauch liegt ein stummer Garten
Und wo der Fuß auf kalter Stufe steht."

Es steht einem Nichtrussen, der diese reiche Sprache nur rudimentär beherrscht, kaum an, die Lyrik der Achmatowa zu würdigen. Aber ich verlasse mich da auf meine Moskauer Freunde und die dichtenden und schreibenden Zeitgenossen von Anna Achmatowa. Sie war die größte Dichterin Russlands, weil sie von allen am meisten durchlitten und die Herzen von Millionen mit ihren schlichten, ergreifenden Versen berührt hat, eine ungekrönte Zarin der russischen Poesie.

Die russischen Astronominnen Ljudmila Georgijewna Karatschkina und Ljudmila Schurawljowa verliehen ihr zu Ehren 1982 dem Kleinplaneten 3067 den Namen Akhmatova.

Spaziergang in Puschkins Küchengarten

Es ist unbestritten der älteste und sicher auch der schönste Park in St. Petersburg, der Sommergarten - Летний сад. Was sein Alter betrifft, so begann man mit seiner Anlage schon ein Jahr, nach dem gerade erst auf des Zaren Peter I. Geheiß begonnen wurde, in den Sümpfen des Newadeltas die neue Hauptstadt zu errichten und so wird das Parkensemble heute auch als die Mutter aller russischen Parks bezeichnet.

Hier lustwandelte nicht nur in Alexander Puschkins Versdrama Eugen Onegin, sondern auch der Dichter höchst selbst, der in der Nähe der Pantelejmon-Kirche wohnte, und es skurriler Weise liebte, im Sommer zu Tagesbeginn nur im Morgenrock herumzuschlendern. Er nannte den Park seinen Küchengarten.

Die alten Linden und Ahornbäume breiten ein grünes Blätterdach über die gelben Sandalleen und eine mächtige, weit ausladende Eiche soll Zar Peter I. selbst hier gepflanzt haben.

Alexander Puschkin tauchte gern ein in die mystische Welt der Statuen antiker Göttinnen, die ihn stumm und marmorweiß begrüßten. Venus und Aurora, Amor und Psyche fanden Eingang in die Tagträumereien der Verse des russischsten aller Poeten und wurden so Weltliteratur.

Mit einer Szene im Sommergarten leitete Pjotr Tschaikowski seine Lieblingsoper „Pique Dame - Пиковая дама" nach einem Libretto seines jüngeren Bruders Modest ein, die am 19. Dezember 1890 im Mariinski-Theater in Sankt Petersburg zur Uraufführung gebracht wurde.

Der ukrainische Dichter Taras Schewtschenko schrieb: *„Von meinen ersten literarischen Versuchen kann ich nur sagen, dass sie in jenem Sommergarten in hellen, irren Nächten begannen."*

Anna Achmatowa war also nur eine Bewunderin unter vielen, die Lyrikerin, die schönste und zarteste Seele von St. Petersburg, die hier im Schatten uralter Bäume die Muse Kalliope traf.

„Я к розам хочу,
В тот единственный сад
Где лучшая в мире стоит из оград."
Zu den Rosen zieht es mich
dorthin, in Garten, dem einzigen,
sich erstreckend in weltschönster Nachbarschaft.

Und der Achmatowa ist nur beizupflichten, aus vollem Herzen. Diese grüne, schattige Welt unter nordisch klarem Himmel liegt idyllisch eingebettet zwischen dem Flüsschen Moika im Süden, östlich plätschert die Fontanke dahin, westlich der schmale kilometerlange Schwanen-Kanal, der extra für die Wasserversorgung der dreißig Fontänen im Barockgarten gegraben wurde, dort, wo zweihundert marmorne Skulpturen aus Italien zwischen den kunstvoll beschnittenen Bäumen standen. Im Norden schlagen die Wellen der Newa an die granitenen Ufer des Parks, wo der Zar für sich einen kleinen Hafen anlegen ließ.

Der Sommergarten kam aus dem Nichts. Zar Peter I. hatte die Vision und so den Park inklusive einem kleinen Sommerpalast allein für sich und seine Familie in Auftrag gegeben. Aber er wäre nicht der tatkräftige und auf vielen Gebieten und in etlichen Handwerken und Berufen beschlagene Herrscher gewesen, wenn er nicht sogar einige Vorschläge skizziert hätte, die zwischen 1704 und 1719 realisiert wurden.

Hier standen um 1650 vor ihrer Vertreibung Häuser von schwedischen Offizieren, denen die Königin Christina das Land an der Newa für treue Dienste geschenkt hatte. Nach der Niederlage der Schweden im Nordischen Krieg verwilderten ihre Gärten, zerfielen die schwedischen Häuser und Fichten eroberten das Land.

Schon 1704 hatte Peter dem Bojaren Streshnow befohlen, als gerade einmal die Peter-und-Pauls-Festung gebaut wurde, Blumen zu schicken und sie im Sommer genau dort in einem kleinen Teil des künftigen Parks anpflanzen zu lassen. Und weil nur im Sommer das Blumenmeer erblühte, soll Peter selbst den Park einfach Sommergarten genannt haben.

In Holland bestellte der Zar im Jahr 1706 Blumensamen, in Hamburg Kastanienbäume und in Lübeck Fliederbüsche, deren Duft ihn in seiner Jugend dort so berauschten wie auch der Liebreiz einer jungen drallen Lübecker Jungfrau, die ihm neun Monate später Zwillinge geschenkt haben soll.

Für den Bau seines hölzernen Sommerhauses beauftragte Peter den Architekten Iwan Ugrjumow, während er selbst einen Mechanismus konstruierte, um das Wasser aus dem namenlosen nahen Flüsschen - russisch *rerik* - zum Sommergarten zu leiten, das später die zahlreiche Springbrunnen, es waren bis zu sechzig, speisten. Das brachte dem kleinen Nebenfluss der Newa den Namen Fontanka ein, auf dem manchmal die Schifffahrt wegen des Wasserverbrauchs der Fontänen eingestellt werden musste. Diese Springbrunnen waren später Vorbild für die große Wasserkunst in Peterhof.

Die ersten Skulpturen fanden 1707 ihren Platz. Sie standen zuvor in der Burg des Wojewoden Stanislaw Leszczynski in der Nähe von Lemberg. Der dänische Gesandte Just Jul vermerkte in seinem Tagebuch, dass um 1710 schon dreißig

Marmorstatuen im Sommergarten zu bewundern waren, wo nun schon festliche Bälle, Gelage und Feuerwerke stattfanden.

Zum alljährlichen Empfang im Hochsommer wurde auf der Bastion der Peter-und-Pauls-Festung die kaiserliche Standarte gehisst und Kanonenschüsse verkündeten die Stunde des Eintreffens der Gäste. Alle Geladenen kamen nur mit Booten und Yachten über einen kleinen Kanal, den so genannten Gawanez, was für Hafeneinfahrt steht. Es gab Landungsbrücken mit Eichengalerien, auf denen Tische gedeckt waren und zum Tanz aufgespielt wurde.

Inzwischen waren in einem Teil Obstbäume und an anderer Stelle Eichen gepflanzt wurden, so dass sich der große Garten zu einem gewaltigen Park mit kiesbestreuten Alleen ausdehnte und damals sogar das heutige Marsfeld einschloss.

Dem ersten Gärtner Iwan Jakowlew stand ein erfahrener Mann zur Seite, der Holländer Jan Roozen. Peter I. hatte diesen niederländischen Gartenkunstmeister nicht zufällig ins Land geholt, begeisterte er sich doch für die vielgestaltigen Gärten der Holländer und lehnte die eintypische französische Gestaltung ab.

Der Zar liebte es auch, den Gärtnern bei der Arbeit zuzusehen. Einmal traf er den schwedischen Gärtner Schroeder, der zur Verwunderung Peter des Großen kleine Bänke aufstellte. *„Ich freue mich sehr über dein Werk und deine von Ornamenten geschmückten Bänke, jedoch sei nicht böse, ich wünsche mir, dass die Leute hier im Garten spazieren gehen und Lehrreiches, wie fremde Bäume und Pflanzen entdecken!"*

Der Gärtner war um eine Antwort nicht verlegen: *„Majestät, aber auch Bücher können lehrreich sein und die kann man besser im Sitzen lesen."*

Der Zar lachte über die Schlagfertigkeit und bat den Gärtner, dann aber auch noch kleine Pavillons über den Bänken zu errichten, dass die Bücher beim Lesen nicht nass werden. So jedenfalls, wird in einer alten Niederschrift behaupt.

Ein deutscher Diplomat beschreibt 1710 den Sommergarten so: *„Diese Residenz - Ein kleines Haus im Garten...im niederländischen Stil, bunt bemalte und vergoldete Fensterrahmen und Bleiverglasung. In der Nähe ist ein kleines Vogelhaus, in dem alle Arten von kleinen Vögeln zwitschern. Darüber hinaus in den Garten sind elegante Pavillons aus kleinen Latten gebaut. In der Nähe ist ein großes Haus für die Diener und Höflinge, liegt das Schiff und Seiner Majestät Küche. Im hinteren Teil des Gartens steht ein großes Brunnenhaus, in dem ein große Rad Pumpen angetrieben hat...In der Nähe gibt es einen kleinen Zoo mit Reihern, Kranichen und*

Vögeln dieser Art. Neben dem Brunnenhaus gibt es ein Haus für ein paar Diener und das Garde-Corps, das nur aus wenigen Soldaten bestand. Schließlich baute man noch ein Gewächshaus, wo mehrere Orangen-, Zitronen-, Lorbeerbäume, Sträucher aus südlichen Ländern wachsen...und ein paar kleine Häuser. Der Garten selbst ist recht groß und gut gebrochen, aber ich habe in ihm keinen besondere Raritäten zu sehen, es sei denn ein paar gut ausgeführten Statuen und Büsten aus weißem Marmor, vor allem die des polnischen König Jan Sobieski und seiner Frau, dann die der Königin Christina von Schweden und einige andere Büsten. In der Mitte des Gartens befindet sich ein großer Teich mit Steinplatten, in deren Mitte sich die Grotte erhebt, umsäumt von Springbrunnen."

Von dem ganzen Ensemble an Häusern und Palästen ist nur noch der Sommerpalast des Zaren erhalten, der 1710 bis 1714 vom Architekten Trezzini in strengen, schlichten Formen und mit verhaltenem Fassadendekor genau nach des Zaren Wunsch errichtet worden war. Aber dazu später mehr. Die zwei katastrophalen Überschwemmungskatastrophen 1777 und 1824 zerstörten zahlreiche Springbrunnen und Pavillons sowie Bäume, Rabatten und Marmorstandbilder.

Der Plan von Peter I. sah vor, den Sommergarten mit allegorischen Skulpturen zu schmücken. Alle Standbilder wurden auf vier Themen ausgewählt: die Natur des Universums, Zusammenstöße von den „Metamorphosen", das ideale Modell der physischen Welt und seine wirkliche Ausführung. Zur Umsetzung dieser Idee schickte Zar Peter seine Agenten Beklomischew und Kologrivow Raguzinsky nach Venedig und Rom. Viele der Skulpturen wurden auch auf Bestellung angefertigt.

Einige Plastiken kamen in der damaligen Zeit nach dem langen Transport beschädigt in St. Petersburg an. Um sie wieder herzustellen, lud der Zar den bedeutenden Restaurator Giovanni Passini im März 1717 in die neue russische Hauptstadt ein. Leider starb der italienische Künstler bereits nach einem Jahr. Das Amt als Restaurator des Zaren wurde mit dem gleichen fürstlichen Gehalt seinem Sohn Marco Passini übertragen. So ist in Dokumenten aus dem Jahr 1722 im Archiv der Stadt zu lesen.

Schon 1725 umfassten die Kunstwerke im Sommergarten mehr als hundert Büsten und Statuen und zehn Jahre später waren es bereits mehr als zweihundert. Nicht irgendwelche Kunstwerke, wie sie deutsche Fürsten wahllos sammelten, sondern von Ausgrabungen antiker Stätten, mittelalterliche Plastiken oder teuere Repliken solcher Bildhauer wie D. Bonazzi, P. Baratta, A. Tarsia, D. Zorzoni, A. Corsini und vieler anderer italienischen Meister. Von den einst 250 Skulpturen der Petrinschen Zeit sind heute nur noch um die neunzig erhalten.

Eine Skulptur möchte ich besonders erwähnen. Der Sommerpalast bekam 1714 drei offenen Galerien, wo der Zar bei schlechtem Wetter zu ruhen pflegte, sein „lustghaus". In der Mitte der Galerie gibt es eine Marmorstatue der Göttin Venus, die Peter von Papst Clemens XI. geschenkt bekam. Sie war das erste öffentliche Abbild eines nackten weiblichen Körpers in Russland. Neben dieser marmornen Göttin der Liebe verbrachte Peter seine Venusstunde und die Leibwache hatte strikte Order, ihn durch Nichts und Niemanden zu stören. Das Original steht heute in der Eremitage.

Um die Statuen vor Wind und Wetter und dem Frost zu schützen, schließlich liegt St. Petersburg so nördlich wie die Südspitze Grönlands, werden sie in Holzverschalungen eingepackt. Das geht auf die Regentschaft der ungeliebten Kaiserin Anna Iwanowna zurück, die angeordnet hatte, im Sommergarten im Herbst und Winter gefangene Wildschweine, Rehe, Wölfe und Hasen auszusetzen, um dann mit ihrem Hofstaat zur

Belustigung Hetzjagden in dem von Gitterzäunen eingefriedeten Park zu veranstalten. Weil dabei viele Pflanzen zertrampelt wurden und antike Skulpturen zu Bruch gingen, wurden die unschätzbar wertvollen marmornen Kunstwerke in Leinensäcke verpackt und mit Holz verkleidet.

Übrigens haben ihr die Petersburger, die ihren Sommergarten über alles lieben, diesen Frevel sehr übel genommen. Der Park ist für sie ein Heiligtum, denn selbst im Großen Vaterländischen Krieg, als Leningrad von faschistischen deutschen Truppen 900 Tage eingekesselt war, als den Park Schützengräben durchzogen und die Petersburger hier Kartoffeln, Kohl und Zwiebeln anbauten, als sie hungerten, froren und zu Tausenden starben, wurde nicht ein einziger Baum im Sommergarten gefällt.

Der Leningrader Autor Daniil Granin schrieb einmal in einem Buch über seine Stadt, dass „...*der Sommergarten in der schweren Zeit der Blockade als erster den Leningradern zu Hilfe kam, im Grunde so am Krieg teilnahm...,"* so, wie der Panzerkreuzer „Aurora". Auch das trug dazu bei, dass die Petersburger ihren schönsten Park so verehren, ihn achten, gern in ihm flanieren, ausruhen und sich bezaubern lassen von der Harmonie zwischen Natur und Kunst.

Dort, wo die glanzvolle Geschichte der russischen Kunst und Literatur dieser Stadt wieder lebendig wird durch all die großen Petersburger, die hier wandelten, wie der Dichter und Übersetzer von Goethe, Schiller und Shakespeare Fjodor Tjutschew, wie der Romancier Iwan Gontscharow, der Komponist Pjotr Tschaikowski, der Dichter Alexander Blok, Alexander Puschkin selbstverständlich und die Maler Walentin Serow sowie sein Lehrer Ilja Repin.

Heute umfasst der Park etwa elf Hektar, auf denen 2700 Bäume, vorwiegend Linden im Frühsommer mit ihrem Blütenduft die Innenstadt überströmen und im Hochsommer den in der Stadt verbliebenen Petersburgern, die keine Datscha haben, Schatten spenden.

Als ich nun im Hochsommer 2014 eines Tages, es war sonntags und die Zeit der Weißen Nächte, wo ganz Petersburg nicht zur Ruhe kommt und die Stadt vor ausländischen Touristen überquillt, in den Sommergarten wollte, war er geschlossen. Nicht wie vor 2012, als er gründlich gesäubert, Wege erneuert, Hecken und Pflanzungen beschnitten und in Form gebracht und Statuen gründlich gereinigt wurden. Nein, einmal in der Woche und ausgerechnet am Sonntag sind die prächtigen Gartentore fest verschlossen. Ansonsten ist der Sommergarten bei freiem

Eintritt, auch spezielle Führungen sind kostenlos, von vormittags zehn bis zweiundzwanzig Uhr abends geöffnet.

Das war nicht immer so. Erst Mitte des 19. Jahrhunderts wollte sich der Dekabristenmörder und im Volk verhasste Zar Nikolaus I. bei den Petersburgern beliebt machen und unterschrieb folgenden Ukas: *„Der Sommergarten steht allen Militärs und anständig gekleideten Leuten zu Spaziergängen offen. Dem einfachen Volk, so den Bauern, ist der Durchgang durch den Garten überhaupt verboten."*

Berühmt ist der Sommergarten darüber hinaus durch seine Einfriedung, monumentale Gitter auf hohem Granitsockel zwischen aschgraurosa Säulen, die mit Vasen und Blumen gekrönt sind. Ein Werk des Architekten Juri Veltens. Über diese wunderbaren Gitter gibt es eine Legende: *Ein ausländischer Reisender aus Westeuropa ist mit dem Schiff eigens nach St. Petersburg gekommen, nur um diese prächtige Umzäunung zu sehen. Er setzte seinen Fuß nicht einmal an Land, sondern saß den ganzen Tag an Deck seines Schiffes, das unweit der Peter-und-Pauls-Festung Anker geworfen hatte. Nachdem dieser seltsame Fremde das Gitter in all seinen Einzelheiten stundenlang durch ein Fernrohr*

beobachtet und dann gezeichnet hatte, ließ er
Segel setzen und befahl, nach Hause zu segeln.

Dieser wunderliche Kauz hatte so einen kapitalen Fehler begangen, weil man das Flechtwerk des Gitters von Land und aus dem Sommergarten heraus vor dem Hintergrund des klaren Petersburger Himmels weit besser sehen kann.

Der Sommergarten war nicht nur ein anregender Hain der Dichter, Komponisten und Maler von St. Petersburg, er war auch Schauplatz vieler interessanter, schöner, tragischer und weltbewegender Ereignisse.

Jekatherina Dolgorukaja - Екатерина Михайловна Долгорукова, ein Mädchen aus einem uralten verarmten, aber den Zaren verwandschaftlich recht nahe stehenden Fürstengeschlecht, absolvierte das Smolny-Institut, ein Adelspensionat, das Katharina II. ins Leben gerufen hatte. Seit dieser Zeit nahmen die Gattinnen der Monarchen regen Anteil am Werdegang des Instituts und dem der Schülerinnen. Alexander II., der nur widerwillig seine Frau in den Smolny begleitete, entdeckte beim Tee mit den jungen Damen das anmutige junge Fräulein Dolgorukaja, deren kluge Augen ihn anblitzten.

Er hatte nur geseufzt und hätte das Mädchen sicher vergessen, wenn sie ihm nicht an einem Frühlingstag im Sommergarten in Begleitung ihrer Kammerfrau begegnet wäre. Die Sonne, zwar erst eine blasse Scheibe, wärmte schon die noch in Pelzen gehüllten Gestalten und auf der Newa hatte mit lautem Dröhnen der Eisgang ein- gesetzt. Haushohe, bizarre Schollen trieben vom Ladogasee durch die granitenen Ufer der Stadt ins Meer. Die Natur erwachte und die Sehnsucht nach Wärme war übergroß. Zar Alexander, ob- wohl schon von manchem Zipperlein geplagt, spürte den Frühling in seinem Blut und beim An- blick der jungen Dolgorukaja begriff er, dass sie sein Jungbrunnen sein könnte.

Ohne auf die Umstehenden und ihre neugierigen Blicke zu achten, übergab der Zar die Leine seines Setters „Milford" dem Gardeoffizier, nahm den Arm des verwirrten jungen Mädchens und verwickelte sie in ein Gespräch. Adjutant und Hofdame folgen in gebührendem Abstand. Alexander schaute diese frische junge Frau an, die ihm das Herz schneller schlagen ließ, ja er verschlang sie geradezu mit seinen Augen.

Sie hatte feine Züge, ihr Teint war wie Elfenbein, ihre seidigen Zöpfe kastanienbraun und ihren man- delförmigen Augen lächelten ihn höflich an. So viel Schönheit gepaart mit Naivität überwältigten den reifen Mann und verdeutlichten ihm den Kontrast zu seiner fast erloschenen, verwelkten Frau.

Jekatherina aber war durcheinander, wusste nicht, wie sie sich gegenüber dem Mann, der ihr Vater sein könnte und der so hoch über sie stand, verhalten sollte. Er bestand darauf, sie wieder zu sehen und sie durfte diesen Wunsch nicht abschlagen. Immer wieder trafen sie sich zu Spaziergängen, sie achtzehn und er ging auf die fünfzig zu. Der Altersunterschied beunruhigt ihn nicht, er regt Alexander an.

Es war der 4. April 1866. Um vier Uhr nachmittags verließ Zar Alexander II. den Sommergarten, nachdem er sich von der jungen Dolgorukaja verabschiedet hatte. Er war hochgestimmt und ging auf seine Begleiter zu, die ihm diskret gefolgt waren, sein Neffe Graf Nikolaus von Leuchtenburg und seine Nichte Maria von Baden. Die Kalesche wartete am Gitter, wo sich neugierige Gaffer eingefunden hatten. Als Alexander in die Kutsche stieg, löste sich ein Mann aus den Umstehenden und richtete eine Pistole auf den Zaren. Der hörte, wie jemand brüllte: *„Was machst du da?",* und wendete sich um. Da sah er, wie ein Bauer einem Schwarzgekleideten mit einer Pistole, aus der sich ein Schuss löste, einen Stoß gab. Gerade noch rechtzeitig. Heiß fauchte die Kugel haarscharf am Gesicht des Zaren vorbei. Als der Attentäter erneut zielte, wurde er von der Menge niedergeschlagen. Er schrie: *„Brüder, warum haltet ihr mich zurück? Ich bin ein Bauer wie* *ihr. Der Zar hat euch betrogen, er hat euch zwar von der Leibeigenschaft befreit, aber euch nicht genug Land zum Leben gegeben."*

Ehe die aufgebrachte Menge den Brüllenden erschlagen konnte, ließ Alexander, blass und ruhig, den Attentäter durch Wachen seines Gefolges festnehmen. Dann befahl er, zur Kasaner Kathedrale zu fahren, um Gott zu danken, der ihn vor dem Tode bewahrt hat. Kaum angekommen, eilte er an dem verdutzten Popen vorbei durch die Bronzepforte, die der Taufkirche von Florenz nachgebildet war und die dort Michelangelo einst als Tor zum Paradies bezeichnet hatte.

‚Noch durchschreite ich diese Pforte aufrecht, noch hat es Zeit mit dem Paradies', dachtet Alexander und ihm wurde klar, wie nah das wahrhaftige Leben in Gestalt der keuschen Dolgorukaja und der Tod als Attentäter beieinander waren. Wie bedrohend nah webte das Schicksal Liebeswonnen und Todesgefahr.

Jekatherina Dolgorukaja wurde nicht nur am 12. Juni 1866 in einem Pavillon des Parks die jugendliche Geliebte des Zaren, sondern nach dem Tod dessen Frau, Maria Alexandrowna aus Hessen, auch 1880 seine morganatische Ehefrau, die dem Zaren Alexander II. vier Kinder geschenkt hatte, die Söhne Georgi und Boris und die Töchter Olga und Jekatherina. Nach der Ermordung des Zaren

Alexander II. durch einen Bombenanschlag 1881 ging sie mit ihren Kindern nach Nizza in Frankreich. Ein Schmuckstück im Denkmal der Gartenkunst aus dem ersten Drittel des 18. Jahrhunderts ist zweifellos der 1714 fertig gestellte Sommerpalast des Zaren Peter I. Er träumt am Ende des Sommergartens mit Blick auf die Newa eingerahmt von uralten Bäumen, wenn ihn nicht gerade Touristen besuchen, vor sich hin. An seiner Innengestaltung war auch der bekannte deutsche Architekt Andreas Schlüter beteiligt. Der eher schlichte, zweigeschossige Palast diente Peter nur im Sommer als prunklose Residenz. Der Zar wohnte im Erdgeschoss und im ersten Stock seine zweite Gattin Katharina und die Kinder.

Obwohl für einen Zarenpalast mehr als bescheiden, spiegelt das Sommerschlösschen dennoch die Vorlieben und den Charakter des Hausherren wieder, der das Meer leidenschaftlich liebte. Und so sind in seinem Arbeitszimmer auf Kacheln eingebrannte Bilder von maritimen Malern zu bewundern. Dann ist da noch die Drechslerwerkstatt, in der sich der Zar mit seiner Hände Arbeit vom Regieren erholte. Er konnte die einfachsten Dinge und die kompliziertesten Mechaniken herstellen, von Stühlen bis zum aus gelben Horn gedrechselten Kronleuchter. Mit Meistern ihres Handwerks schnitzte er einen herrlichen

Spiegelrahmen aus Nussbaumholz. Auf mich haben die holländischen Kachelöfen, die erlesenen Porzellan-Services sowie die Gemälde und teuren Wandteppiche den stärksten Eindruck gemacht und vor allem, so wir jedenfalls behauptet, der Originalschlafanzug Peters auf seinem extralangen Himmelbett. Schließlich wird Zar Peter nicht nur wegen seiner Taten, sondern auch wegen seiner Körpergröße der Große genannt. Mit 2,03 Metern überragte er seine Landsleute um Haupteslänge. Außerdem war er breitschultrig und muskulös. Bekannt ist sein ungestümes und energisches, ja aufbrausendes Wesen und eine ungemeine Körperstärke. Von all den russischen Zaren stellte keiner eine so staatliche Erscheinung dar wie dieser Peter der Große - Пётр Великий. Natürlich ist dieser kleine Palast wieder ein Museum einer liebevollen Sammlung von Originalgegenständen aus der Petrinschen Zeit.

Großvater Krylow - Poet und Junggeselle

Im St. Petersburger Sommergarten steht noch ein von Peter Clodt geschaffenes Standbild, das des russischen Lafontaine, des Fabeldichters Iwan Andrejewitsch Krylow - Иван Андреевич Крылов. Er war ein liebenswerter Faulpelz und

Russlands Kinder vom Stillen Ozean bis zur Ostsee lieben ihn noch heute, obwohl er schon 171 Jahre tot ist. Auch die großen Leute des Landes verehren den kauzigen Literaten.

Es gibt für mich berechtigte Zweifel an seinem Müßiggang, denn wer über 220 Fabeln geschrieben, etliche, wenn auch meist erfolglose Komödien verfasste, sich als Hauslehrer durchschlug und als Redakteur gearbeitet hatte, kann so unlustig nicht ans Werk gegangen sein.

Doch lange Zeit als Beamter am Zarenhof für Bibliotheken zuständig, fand Krylow, der gutes Essen liebte, was man ihm auch ansah und der sich nicht gerne wusch, was man roch, genügend Zeit zum Denken und Schreiben. Das mit dem Waschen ist wirklich überliefert und vielleicht lieben ihn auch deshalb ein bisschen die kleinen Jungen im großen Land. Aber vor allem wegen seiner Fabeln, die in ungezählten Kinderbüchern Generationen von kleinen Russen beim Heranwachsen begleitet haben und so etwas wie ein liebevoller, moralischer Zeigefinger waren.

Um noch einmal den Arbeitseifer von Iwan Krylow anzusprechen, so waren seine Fabeln zu Beginn seiner schriftstellerischen Arbeit, sagen wir einmal, recht frei von den Arbeiten Äsops und Jean de La Fontaine inspiriert. Doch er ging bald weiter und fand seinen eigenen Stil, in dem seine

Tiere einen adäquaten russischen Charakter bekamen. So hatte der Esel die Wesensart eines kleinen Beamten. Viele goldenen Worte in seinen kleinen Reimen fanden Eingang in den reichen Sprichwörterschatz des russischen Volkes.

Und seine Fabeln erfreuten auch die Leser über die Ländergrenzen hinaus, denn schon zwei Jahre vor seinem Tod 1844 erschienen bereits seine Werke in deutscher Sprache. Ja, sein Ruf eilte ihm voraus. So veröffentlichte am 22. Mai 1833 das *„Magazin für die Literatur des Auslands Nr. 61"* folgenen kleinen Artikel unter der Überschrift *„*Russischer Aesop*"*:

„Der vorzüglichste Fabeldichter, den Rußland bis jetzt hervorgebracht, ist Kriloff, ein noch lebender Dichter, Aufseher der Kaiserlichen Bibliothek zu Petersburg. Sein Stoff ist fast immer originell, sein Vortrag zierlich und seine Wendungen geistreich. Seine Ideen und Bilder sind ganz Russisch und können daher als ein treues Gemälde seiner Landsleute dienen. Die Moral seiner Fabeln ist sinnig und gediegen, und dies ist kein kleiner Vorzug. Die Gräfin Orloff, die ihn durch ganz Europa bekannt zu machen wünschte, veranstaltete Uebersetzungen seiner Fabeln ins Französische und Italiänische. Sie erschienen 1825 in zwei Bänden zu Paris, mit dem Russischen Text und mit Beiträgen von den vorzüglichsten

lebenden Dichtern. Herr Lemontey schrieb die Vorrede dazu, welche Nachrichten über den Verfasser enthält, der auch mehrere Lustspiele und andere dramatische Stücke geschrieben hat."

Mit Aesop verglichen zu werden, ist eine hohe Ehre. Denn der phrygische Sklave Äsop lebte so um 550 vor Christus und soll als erster Fabeln indischer und griechischer Herkunft gesammelt und aufgezeichnet haben. Dass sein Name untrennbar mit der Geschichte der Fabel verbunden ist, erklärt sich einerseits aus der großen Zahl und der Qualität seiner Fabeln und andererseits aus der Tatsache, dass viele Fabeldichter später auf die Fabeln Äsops zurückgriffen, sowohl was die Figuren betrifft als auch den Aufbau der Fabeln, klar und anschaulich, eine überschaubare Handlung und ein freundlicher Ton der Dialoge.

Was nun dieser so hoch gelobte Dichter Krylow für Russland bedeutet und was das Wesen seiner Fabeln ausmacht, hat schon Nikolai Gogol, der ja selbst eine literarische Institution war, so bewertet: *„Krylows Fabeln sind Inbegriff der Volksweisheit...Er rückt durch sein mächtiges, vollgewichtiges Wort die Sache mit einem Schlag ins Licht. Der Dichter und der Weise werden in ihm eins. Kein Dichter hat es so verstanden, seine Meinung allen fasslich und zugänglich zu*

machen…Man kann nicht nach Krylows Stil fra-
gen – es ist, als ob die Sache selber rede."

Krylow gilt als der bedeutendste russische Vertreter dieser Gattung. Seine in einfachem Stil ver-
fassten Fabeln sind kleine Geschichten, in denen
er die menschlichen Schwächen ironisch betrachtet. In seinem versteckt humorigen Tonfall
und in der hintergründigen Moral liegen Zauber
und Charme, die über Jahrhunderte und Sprach-
grenzen hinweg, ihre Wirkung auf den Empfäng-
lichen ausüben. Zunächst ist die Anlehnung an
Äsop noch recht deutlich:

Камыш и маслина

Маслина и камыш заспорили о том, кто
крепче и сильнее. Маслина посмеялась над
камышом за то, что он от всякого ветра
гнётся. Камыш промолчал. Пришла буря:
камыш шатался, мотался, до земли сги-
бался, уцелел. Маслина напружинилась
сучьями против ветра…и сломалась.

Das Schilf und der Olivenbaum

Der Olivenbaum und das Schilf begannen da-
rüber zu streiten, wer härter und stärker sei. Der
Olivenbaum lachte über das Schilf, weil sich die-
ses bei jedem Wind biege. Das Schilf schwieg.
Es kam ein Sturm: Das Schilf schwankte, schau-
kelte, bog sich bis zur Erde, blieb aber

unversehrt. Der Olivenbaum aber stemmte seine Äste gegen den Wind...und zerbrach.

In diesem kurzen Plädoyer für die Schwachen bezeugte Krylow, der ein achtbarer Beamter am Zarenhof war, den einfachen, rechtlosen Russen seine Sympathie.

Die Stellung am Hofe trug dazu bei, dass er nicht vor den Verfolgungen von Heiratsvermittlerinnen gefeit war. Doch stets gelang es ihm, sämtlichen kunstvoll ausgelegten Netzen und erotischen Fallen heiratsinteressierter Jungfrauen aus gut bürgerlichem Hause und später wohlhabender Witwen von St. Petersburg zu entschlüpfen.

Der Mann von drei Weibern

*Ein arger Wüstling nahm
die dritte Frau (zwei waren noch am Leben).
Als das dem Zar zu Ohren kam –
der Zar war streng und viel zu tugendsam,
um solchem Ärgernisse Raum zu geben –
befahl er ohne Zaudern
den Sünder vor Gericht zu stellen
und solch ein Strafurteil zu fällen,
dass alle schaudern
und keiner wage sich zu unterstehn,
solch üble Dinge jemals zu begehn.*

„Find' ich", spricht er, „die Strafe zu gering,
lass' ich die Richter sämtlich hängen
um ihre grüne Tafel in der Runde."
Die Richter werden bleich bei dieser Kunde,
das ist ein kitzlig Ding,
warum muss sich der Zar in solche Sachen
mengen?
Sie grübeln zweimal vierundzwanzig Stunden,
von ihren Stirnen rinnt der Schweiß,
die rechte Strafe wird nicht ausgefunden.
Zwar gibt es tausend Arten, doch man weiß,
noch keiner hielt die Menschen ab vom Bösen.
Nachdem sie lang noch ausgestanden Pein,
gibt Gott es ihnen endlich ein,
das missliche Problem zu lösen.
Es wird der Sünder vorgeführt,
um die Entscheidung zu vernehmen,
einmütiglich ward sie votiert:
dass nämlich dem Verbrecher es gebührt,
die Frauen alle drei zu sich zu nehmen.
Man staunt und meint, es müssten ohne Frage
die Richter an den Galgensträngen
für solches Urteil selber hängen.
Doch es vergingen nicht vier Tage,
so hat sich schon erdrosselt unser Held.
Da packt ein Grauen alle Welt,
und seitdem ist's im Reich nicht vorgekommen,
dass jemand mehr als eine Frau genommen.

Es ist in Russland Brauch, das könnte durchaus bei uns Schule machen, den Kindern vor den großen Ferien Bücher für diese lange Sommerzeit zu schenken. Und so ist der Juni die hohe Zeit der meisten Neuerscheinungen der Literatur für Kinder und Jugendliche und einige bunt und lustig illustrierte Bücher mit Gleichnissen Krylows sind immer wieder dabei.

Bereits 1814 schrieb der Dichter die Geschichte vom Schwan, dem Krebs und dem Hecht, die sogar anfangs von der Zensur verboten worden war, zu verbreiten. Doch Krylow, der als Beamter Zugang zum Zaren hatte, trug seine Fabeln dem Monarchen bei dessen Spaziergang im Sommergarten vor und Alexander I. konnte darin nicht Schlechtes erkennen und hob die Zensur auf.

Der Schwan, der Krebs und der Hecht
Когда в товарищах согласья нет,
На лад их дело не пойдет,
И выйдет из него не дело, только мука.
Однажды Лебедь, Рак и Щука
Везти с поклажей воз взялись,
И вместе трое все в него впряглись;
Из кожи лезут вон, а возу все нет ходу!
Поклажа бы для них казалась и легка:
Да Лебедь рвется в облака,
Рак пятится назад, а Щука тянет в воду.

Кто виноват из них, кто прав, – судить не
нам;
Да только воз и ныне там.

Wenn unter Freunden Einigkeit nicht herrscht,
Läuft ihre Sache meist verkehrt,
Am Ende stehen dann die Dinge schlecht.

Einmal wollten Schwan und Krebs und Hecht
Mit einem Leiterwagen eine Fuhre machen
Und luden auf zusammen alle ihre Sachen;
Sie ziehn mit aller Kraft – die Last rührt sich kein
Stück!
Zwar würde sich der Wagen leicht bewegen
lassen,
Doch zieht der Hecht hinab ins Wasser,
Der Schwan will zu den Wolken hin, es kriecht
der Krebs zurück.
Wer recht hat oder nicht, wer will's von uns
entscheiden?
Bis heute muss die Last jedoch an selber Stelle
bleiben.

Die Fabel spielt auf das Dreigespann, die bekannte Troika an, die den russischen Staat sym-
bolisierte. Der himmelstrebende Schwan vertritt
dabei die orthodoxe Geistlichkeit, der rückwärts
kriechende Krebs den mit uneingeschränkten
Selbstherrschaft regierenden und

rückschrittlichen Zaren Alexander I. und der Hecht die zum Volk strebenden Adligen, die raubfischgleich die kleinen Fische verschlingen. Im Gegensatz zum Zaren Alexander I. verstand das Volk, ja selbst die des Lesens und Schreibens unkundigen Bauern begriffen das Gleichnis sofort.

Krylow kannte besser als andere in St. Petersburg den Hofstaat, der all das verkörperte, was er aus tiefster Seele verabscheute: die Oberflächlichkeit, die Gier nach Geld und Macht, Korruption, den Geiz und die Gottlosigkeit, schlicht das Fehlen jeder Menschlichkeit. Hatte doch der Monarch in Russland die Zensur verschärft, eine strenge Überwachung der Büchereinfuhr angeordnet, die Wissenschaft, Literatur und den Schulunterricht behindert und alle Pläne für Reformen und Fortbildung aufgegeben. Über das ganze Reich hatte sich ein Netz von Spitzeln, Gendarmen und Geheimagenten gelegt, die alles und jeden zu überwachen trachteten. Der vom Volk ungeliebte und verbitterte Alexander I. suchte Befriedigung und Zerstreuung in einer prunkvollen, üppig frömmelnden Hofhaltung und in religiöser Mystik. Wahnvorstellungen quälten ihn bei Tage und erst recht in der Nacht, mit zweiundvierzig sah er aus wie ein alter Mann, war schwerhörig und hinkte seit einem Reitunfall.

Warum das Schwein weinte

Ein Schwein, das auf einem Hof lebte,
hörte, wie sich die Menschen stets mit seinem
Namen beschimpften.
Die Magd sagte zum Knecht:
„Du hast mich belogen, du bist ein Schwein!"
Der Bauer sagte:
„Dieser Händler ist ein Schwein, er hat uns
betrogen!"
Und die Bäuerin schalt die Magd:
„Wie schmutzig und unordentlich ist die Küche.
Das ist doch eine Schweinerei!"
So ging es fort, und das Schwein kränkte sich
immer mehr und mehr darüber.
Eines Tages, als es wieder zuhören musste,
wie man seinen Namen missbrauchte,
legte es sich in seinem Koben nieder und weinte.
Im Stall war aber auch ein munterer kleiner Esel.
„Warum weinst du?", fragte er voll Anteilnahme
das Schwein.
„An meiner Stelle würdest du auch weinen",
schluchzte das Schwein.
Und es erzählte alles dem Esel.
Der Esel hörte mitfühlend zu und sagte:
„Ja, das ist wirklich eine Schweinerei!"

In Moskau 1769 geboren, kam der junge Krylow als dreizehnjähriger nach St. Petersburg.

Zunächst war er Schreiber in der Finanzkammer und bekam schließlich sogar eine Anstellung bei Katharina II. am Hof, der aufgeklärten Monarchin. Später hatte er die Kühnheit, mit seiner „Geisterpost" und dem „Zuschauer", zwei von ihm redigierten Blättern, Missstände bloßzustellen, womit er die Sympathien der Petersburger und ihre Herzen gewann. Zeitzeugen beschreiben ihn als eine der liebenswürdigsten Erscheinungen, wenn auch sein Lebensstil nicht den damals allgemein gültigen Regeln entsprach.

Über seine Toilette ist schon geschrieben worden. Und es soll wirklich wahr sein, dass ihm, als er einmal einen Freund fragte, wie er sich für ein bevorstehendes Maskenfest unkenntlich machen sollte, halb scherzend der Rat gegeben wurde, er brauche sich ja nur einmal gründlich zu säubern.

Seine Wohnung soll stets in einem verwahrlosten Zustand gewesen sein, in der er sogar Mäuse und Tauben hielt. Er liebte es völlig ungebunden zu sein und seine Ungestörtheit so sehr, dass er stets darauf bedacht war, allen Ehefallen aus dem Wege zu gehen.

Die Ursache für seine Bindungsscheu ist nicht bekannt, vorgefasste Enthaltsamkeit war es sicher nicht bei einigen selbst beschriebenen Amouren. Vielleicht resultierte seine Furcht vor der Ehe aus dem nachwirkenden Scheitern eines

Liebeserlebnisses oder einer Zurückweisung eines Antrags. Er blieb jedenfalls gern ein einsamer Hagestolz.

Einige Zeit stand er im Dienste des Fürsten Alexander Golizyn, ein Jugendgefährte des Zaren Alexander I. und als Oberprokuror des Heiligen Synods stockreaktionär und somit eine Ironie ihm Amt als Minister für Volksaufklärung.

Zwischen 1803 und 1805 reiste Krylow durch Russland und hörte in den Poststationen und Dörfern zu, wenn sich die einfachen Leute unterhielten. Dabei merkte er, wie bauernschlau das Volk war und in ihm entstand die Idee, Gleichnisse aus dem Alltagsleben zu schreiben, die wir als Fabeln bezeichnen.

Klug wie er war, passte der Dichter die Moral der Geschichten der Lebensphilosophie der Spießer an und konnte auf diese Weise soziale und politische Missstände seiner Zeit scharf kritisieren, ohne durch die Zensur all zu sehr eingeschränkt zu werden. In seinen Episoden betrachtet er all die menschlichen Schwächen mit feiner, versteckter Ironie und so heiter im Stil, was den Zauber seiner Fabeln ausmacht. Im humorigen Ton liegt der Zauber, der uns heute noch ein stilles Schmunzeln abverlangt, können wir doch auch noch Parallelen zu unserem Alltag, den Politikern und einigen Mitmenschen erkennen.

Und im Gegensatz zum unerreichten Puschkin, der die russische Hoch- und Literatursprache um viele tausende Worte bereicherte, schrieb Krylow vorwiegend in der russischen Umgangssprache, was ihm im Land der Bauern zu einer ungeheuren Popularität verhalf.

Der große Herr und der Philosoph

Ein großer Herr, der einst in müß'ger Stunde
mit einem Weisen allerlei besprach,
sagt' ihm: „Du kennst die Welt doch aus dem Grunde,
und dir liegt alles offen wie der Tag.
So gib mir Kunde,
wie's kommt, dass, was wir immer gründen,
Akademien, Tribunale, Kunstverbände,
sofort, wenn trocken kaum die Wände,
die ärgsten Ignoranten sich drin finden?
Gibt es dagegen keinen Bann?"
„Ich glaube kaum", versetzt der weise Mann,
„mit solchen Körperschaften, nur ich sag's nicht laut,
ist's wie mit Häusern, die von Holz gebaut."
„Wie das?"
„Ja, sieh, ich habe jüngst eins aufgeführt,
und ehe ich noch selber es bezogen,
da hatten längst schon, ungelogen,
die Schaben sich drin einquartiert."

Auch diese Fabel ist wieder vieldeutig. Sie spielt nicht nur auf die große Zahl unfähiger Beamten im Russischen Reich an, sondern auch auf die vielen Deutschen in den Verwaltungen, Akademien und in der Armee, die Alexander I., der aus dem Hause Romanow-Holstein-Gottorp stammte, ins Land geholt hatte. Dazu ist es nützlich zu wissen, dass *prusak* im Russischen sowohl für Preuße als auch für die Insektenfamilie der Schaben steht.

Der Affe und die Brillen

Ein Affe alterte, und sein Gesicht ward schwach.
Da ließ er sich erzählen,
bei Menschen sei das noch kein Ungemach,
man brauche eine Brille nur zu wählen.
Der Affe holt sich drum ein halbes Dutzend Brillen,
und dreht sich hin und her um des Versuches willen.
Er drückt sie an die Stirn, er rückt sie bis zum Schwanz,
bald riecht er, und bald leckt er dran,
die Brillen haben Wirkung nicht getan.
„Zum Henker", ruft er, „der ist auch ein Tor,
der alles glaubt, was Menschen schwatzen,
was logen sie mir doch von Brillen vor,
die wahrlich wert sind keinen Batzen!"
Drauf hat der Aff', vom Zorne hingerissen,

die Brillen so an einen Stein geschmissen,
dass sie in Splitter gehn und dass die Funken
stieben.
Bei Menschen auch wird's anders nicht
getrieben.
Wie nützlich immer eine Sache sei,
der Ignorant, dem sie noch neu,
kann ihren Nutzen nicht verstehen
und weiß sie nur zu schmähen;
und ist er gar noch angesehen,
verfolgt er den Erfinder sonder Scheu.

Iwan Krylow war mit allen geistigen Größen St. Petersburg bekannt, auch wenn er öffentlichen Auftritten, wenn es sich nur machen ließ, aus dem Wege ging. Die Zaren und besonders ihre Frauen und Kinder schätzten seine Fabeln und die Kaiserliche Akademie berief ihn in ihre honorige Reihen. Als er 1844 im Alter von 77 Jahren starb, folgte eine unübersehbare Menschenmenge seiner sterblichen Hülle, die im Alexander-Newski-Kloster in St. Petersburg auf dem Tichwiner Ehrenfriedhof ihre letzte Ruhe fand. Dort, wo auch Dostojewski und Glinka, Rubinstein, Rimski-Korsakow und Tschaikowski zum ewigen Schlaf gebettet wurden. Wie sie, ist auch Iwan Krylow durch sein Werk unsterblich geworden.

Schlüsselburg - idyllischer Ort des Grauens

Wenn die Kreuzfahrtschiffe aus Moskau St. Petersburg ansteuern passieren sie kurz vor der Stadt am Abfluss der Newa Europas größten See, den Ladogasee und die Insel Schlüsselburg - Шлис-сельбург, eine von 500 Eilanden in dem See. Ihre Festung, ein ebenso imposantes wie geschichtsträchtiges Bauwerk lädt zum Bestaunen und Fotografieren ein und kaum etwas erinnert daran, dass noch vor hundert Jahren niemand freiwillig diesen unheimlichen Ort besuchte und ihn oft auch kaum jemand lebend verlassen hatte. Schlüsselburgs Kasematten wurden die Bastille Russlands genannt.

Die nur sechzehn Quadratkilometer große Insel Schlüsselburg im Ladogasee hieß früher einmal Nussinsel - Орешек, weil hier Haselnusssträucher wucherten. Aber da das Eiland mehrmals die Besitzer wechselte, sie hatte ja eine wichtige strategische Lage, mal schwedisch, mal finnisch und dann wieder russisch war, änderte sich auch stets die Bezeichnung.

Schon 1323 hatte der Großfürst von Moskau und Nowgorod Juri Danilowitsch hier eine Festung errichtet, um sein Nowgoroder Land vor den Schweden zu schützen. Allmählich wurden die Holzpalisaden und Holzgebäude durch steinerne

Bauten ersetzt und rings um die Festung siedelten sich Bauern an. Und so entwickelte sich der Ort im Laufe der Geschichte zu einem wichtigen Handels- und Militärstützpunkt, um den sich Russland und Schweden erbitterte Kämpfe lieferten. 1612 wurde die Festung erneut von schwedischen Truppen angegriffen und schließlich erobert. Die Schweden nannten die Festungsstadt in Nöteborg um, was übersetzt auch nur „Nuss-Stadt" heißt.

Im Großen Nordischen Krieges knapp einhundert Jahre später eroberte das russischen Heer unter Feldmarschall Scheremetjew, von Peter dem Großen mit allen Vollmachten und guten Ratschlägen ausgestattet, nach zehntägigem Bombardement die Insel zurück und sie erhielt vom Zaren erstmals den Namen Schlüsselburg. Bei der Namensfindung ließ sich Peter I. von der strategische Position leiten, weil hier für die russische Flotte über die Newa die Durchfahrt bis zur Ostsee möglich war. Peters Traum, einen Zugang zur Baltischen See und damit den westlichen Ozeanen war Wirklichkeit geworden.

Um nun diesen wichtigen Stützpunkt zu sichern, wurde Schlüsselburg ausgebaut und stark befestigt. Die Besatzung wurde vervielfacht. Dafür wurden Kasernen gebaut, ein Herrenhaus und die Kirche „Johannes der Täufer", ja sogar eine

Münzstätte schien hier besonders sicher. Leider gehörte zu den Neubauten, die bis Ende des 18. Jahrhunderts entstanden, auch das so genannte „Geheime Haus" in der Festung. Denn der Ort war nach Ansicht der Zaren auch bestens geeignet, um sich Staatsfeinden und unbequemer Bürger zu entledigen. Ein Gefängnis, das keine so dicke Mauern bedurft hatte, weil schon das Klima auf der Insel mit seinen nasskalten Sommern und den bitterkalten Wintern mörderisch war. Dadurch starben nicht nur viele der Staatsgefangenen, sondern auch der hier Dienst tuenden Soldaten. Dokumente sprechen davon, dass die Häftlinge, die keine Namen mehr hatten und nur noch Nummern waren, nicht einmal die Hälfte ihrer Strafe überlebten, weil sie der Tuberkulose, der Schwindsucht oder dem Wahnsinn erlagen.

Es wird berichtet, dass die Zustände so katastrophal waren, dass die Gefangenen alles unternahmen, um lieber zu sterben, als in den feuchtkalten Kasematten dahin zu siechen. Ungehorsam, Beleidigung oder tätlicher Angriff gegen die Wachen wurde unweigerlich mit dem Tod bestraft, den viele als Erlösung ansahen.

Im „Geheimen Haus" wurden 1826 auch einige Adelsrevolutionäre der Dekabristen in Ketten gelegt. Iwan Puschtschin, ein enger Schulfreund von Alexander Puschkin gehörte zu ihnen, wie auch Wilhelm Küchelbecker aus dem Lyzem in Zarskoje Selo, ein Lyriker, dessen Vater aus Bautzen stammte. 1820 trug er auf einer Zusammenkunft der „Freien Gesellschaft der Freunde der russischen Literatur", allein der Name weckte schon den Argwohn der Geheimpolizei, Verse vor, die dem nach Südrussland verbannten Alexander Puschkin gewidmet waren – „Die Dichter - Поэты".

Dafür handelte sich der Poet eine ernste Anzeige ein. Um weiterer Gefahr zu entgehen, begab sich Küchelbecker auf Rat seiner Freunde hin auf eine Auslandsreise. In Dresden traf er mit Ludwig Tieck zusammen und in Weimar mit Goethe, den er sehr verehrte und dem er das Gedicht „An Prometheus - К Прометею" widmete.

Am 26. Dezember 1825 beteiligte sich Küchelbecker aktiv am Aufstand der Dekabristen auf dem Petersburger Senatsplatz. Er versuchte, den Bruder des Zaren, den Großfürsten Michael, zu erschießen. Nach dem Scheitern des Aufstands wollte er ins Ausland fliehen, wurde aber in Warschau, das damals zu Russland gehörte, festgenommen und in einem ersten Urteil zum Tod verurteilt. 1835 wurde er nach zehn Jahren Festungshaft in Schlüsselburg nach Tobolsk verbannt. Auch in der Festungshaft und Verbannung schrieb Küchelbecker weiter Gedichte.

Doch die Kasematten von Schlüsselburg hatten ihn zerstört, er war an Tuberkulose erkrankt und starb am 11. August 1846 erblindet im sibirischen Tobolsk.

Hier in Schlüsselburg fand auch das Leben des 21jährigen Studenten Alexander Uljanow - Александр Ульянов, des älteren Bruders Lenins, ein frühes und gewaltsames Ende. Alexander Uljanow war ein hochbegabter Student der Zoologie und Chemie an der Petersburger Universität. Seine Forschungen wecken das Interesse prominenter Wissenschaftler und 1886 erhielt er für zoologische Studien über Würmer eine Goldmedaille. Im Sommer darauf schrieb er an seiner Dissertation und alles deutete auf eine hoffnungsvolle wissenschaftliche Laufbahn hin. Niemand in seiner Familie und in seinem Studienkreis wusste von seiner Zugehörigkeit zu einer terroristischen Fraktion von „Narodnaja Wolja - Volkswille", die auch schon das Attentat auf Alexander II. verübt hatte. Im Wintersemester übersetzte Alexander Uljanow nebenbei noch das Werk von Karl Marx „Kritik der Hegelschen Rechtsphilosophie" ins Russische.

Uljanow verpfändete seine Goldmedaille und kaufte von dem Erlös Dynamit für ein Attentat auf den Zaren auf den Tag genau sechs Jahre nach dem erfolgreichen Anschlag auf Alexander II.

Gemeinsam mit den Brüdern Bronislaw und Josef Pilsudski und dem Studenten Kibaltschitsch erkundeten sie zuvor immer wieder die möglichen Fahrtrouten des Zaren zur Isaak-Kathedrale und legten Positionen fest. Dabei merkten sie nicht, dass ihr Tun von der Polizei schon seit einigen Tagen beobachtet wurde. Durch einen Denunzianten im Exekutivkomitee der Organisation, Sergei Degajew, der von einem Petersburger Inspektor angeworben worden war, gelang es der Ochrana, die geheimen Adressen aufzuspüren. Bei den anschließenden Hausdurchsuchungen entdeckte die Geheimpolizei Flugschriften, Waffen, Druckereien und ein Bombenlabor sowie das versteckte Dynamit. Die gesamte Organisation wurde zerschlagen, alle Mitglieder sind verhaftet und in die Peter-und-Pauls-Festung geworfen worden.

Vera Finger, Ljumilla Wolkenstein, Alexander Solowjow, Arkadij Tyrkow, Nikolai Jung, Michail Frolenko und Stefan Chalturin sind zu langjähriger Festungshaft oder zu Verbannung nach in Sibirien verurteilt worden. Der Zar brauchte billigste Arbeitssklaven für Bau der Transsibirischen Eisenbahn. Gegen Alexander Uljanow, die Brüdern Bronislaw und Josef Pilsudski und den Studenten Kibaltschitsch wurde gesondert verhandelt. Der Generalstaatsanwalt forderte für die

Rädelsführer die Todesstrafe und das Gericht folgte diesem Antrag. Am 20. Mai 1887 wurden Lenins Bruder Alexander Uljanow und vier weitere Teilnehmer an dem Attentatsversuch auf Zar Alexander III. in der Festung von Schlüsselburg gehängt.

Die Gefängnisinsel wurde mit der Oktoberrevolution 1917 von ihrem schrecklichen Nimbus erlöst, das so genannte „Geheime Haus" geschlossen und abgetragen. Die Festung jedoch wurde nach jahrelanger Restaurierung 1928 als Museum eröffnet.

1941 erlebte die Zitadelle an vorderster Linie der Leningrader Front noch einmal eine Wiedergeburt als Verteidigungsanlage. Die Schlüsselburger Garnison widerstand mehr als 500 Tage dem Ansturm der Deutschen Wehrmacht und hielt so nicht nur den Ostseezugang offen, sondern sicherte auch die legendäre „Straße des Lebens" über das Eis des Ladogasees, über die Kinder aus der eingeschlossenen Stadt Leningrad evakuiert und Lebensmittel in die hungernde Stadt transportiert werden konnten.

Die Festung Schlüsselburg sowie die historische Altstadt wurden vor fünfundzwanzig Jahren von der UNESCO in die Liste des Weltkultur- und Naturerbes der Menschheit aufgenommen.

Neben der Festungsanlage ist Schlüsselburg durch den Alten Ladogakanal berühmt, der nach eigenhändigen Plänen von Peter I. von 1719 bis 1731 zur gefahrfreien Schifffahrt entlang der südlichen Küste des stürmischen Ladogasees gebaut wurde. Die Oberaufsicht über den Kanalbau führte ein Generalleutnant Burkhard Münnich aus der Grafschaft Oldenburg. Der Sohn eines dänischen Offiziers und Deichgrafen war ein Ingenieur, der ein recht abenteuerliches, ja umtriebiges Leben geführt hatte. 1699 trat er als Ingenieur in die französische Armee ein, wechselte dann als Hauptmann in hessische Dienste. An zahlreichen Schlachten teilnehmend, wurde er zum Major befördert und geriet schwer verletzt in französische Gefangenschaft, wo er nach seiner Genesung und nun schon als Oberstleutnant auf Ehrenwort entlassen wurde.

1713 verwirklichte er Kanalbauten in Hessen-Kassel, diente dann wieder als Oberst in Kursachsen und war 1716 für den Bau des pompösen Mniszech-Palastes in Warschau verantwortlich, einem Magnaten-Palast, in dem sich heute die belgische Botschaft einquartiert hat.

Als Generalleutnant duellierte sich Münnich und floh 1721 nach Russland, wo er als Ingenieurgeneral in die russische Armee eintrat und sich als Ingenieur des Ladogakanals, des Hafens von

Kronstadt und der Festung von Riga Verdienste erwarb. Deshalb beförderte Peter I. den Deutschen zum Generalleutnant und Peter II. erhob ihn 1728 in den russischen Grafenstand. Ein Jahr später wurde der Träger des russischen St. Andreas-Ordens und des Alexander-Newski-Ordens sogar zeitweilig Gouverneur und Statthalter der Hauptstadt Sankt Petersburg.

Unter Zarin Anna I. diente Münnich neun Jahre als Kabinetts-Minister, war Präsident des Kriegskollegiums stieg zum Generalfeldmarschall auf. Graf von Münnich reorganisierte das russische Landheer und errichtete auch 1732 das adlige Kadettenkorps sowie das erste russische Kürrasierregiment.

1734 eroberte er im Polnischen Thronfolgekrieg Danzig, schlug die Unruhen in Warschau nieder und übernahm in der Ukraine den Oberbefehl gegen die Türken. 1736 wurde er zudem Generalissimus aller russischen Armeen. Im Dezember 1741, nach der Thronbesteigung der Zarin Elisabeth I., verhaftete man Münnich und verurteilte ihn zum Tode. Auf dem Schafott in letzter Minute begnadigt, wurde er seiner Güter für verlustig erklärt und nach dem sibirischen Pelym verbannt. Peter III. rehabilitierte den Verurteilten und nach dem Sturz des schwachen und Preußen zugewandten Zaren ernannte ihn Katharina die Große zum Generaldirektor der baltischen Häfen. Eine Gedenkplakette an der St.-Petri-Kirche in St. Petersburg erinnert heute an den Grafen Burkhard Münnich.

Der Ladogasee, wo er einst den Peterkanal graben ließ, um die Schifffahrt über den launischen See zu umgehen, hieß noch bis zum 13. Jahrhundert Newo. Aber dann wurde er nach der am Südufer gelegenen mittelalterlichen blühenden Handelsstadt Staraja Ladoga - Старая Ладога benannt. Das heutige Dorf nahe der Mündung des Flusses Wolchow in den See mit gerade einmal 2.575 Einwohnern besaß bereits 1703 Stadtrechte und ist somit einer der ältesten russischen Orte.

Schon tausend Jahre bevor Peter I. seine Hauptstadt in den Newasümpfen plante, war Staraja Ladoga zwischen 750 und 950 einer der wichtigen Handelshäfen Nordeuropas. Das bestätigte auch ein Münzfund, denn die älteste in Europa gefundene Münze des arabischen Mittelalters, datiert auf das Jahr 786, wurde in Staraja Ladoga ausgegraben.

Die archäologischen Siedlungsspuren und Funde deuten darauf hin, dass hier zunächst ein Volk aus dem skandinavischen Raum sesshaft war und eine Chronik von 862 bestimmt den Ort als erste Residenz Rjuriks - Рюрик - und erwähnt, dass die meisten Einwohner damals keine Waräger wie Rjurik selbst waren, sondern Finno-Ugrier. Rjurik, der warägische Fürst, gilt als Gründer des altrussischen Staates Kiewer Rus. Seine Waräger waren aus Skandinavien eingewanderte Krieger und Händler, die seit dem 8. Jahrhundert vom Ladogasee bis zum Schwarzen und Kaspischen Meer siedelten. Somit ist Staraja Ladoga sogar die erste und älteste Hauptstadt Russlands, deren zweieinhalb Tausend Einwohner 2003 gemeinsam mit dem russischen Präsidenten Wladimir Putin ein fröhliches russisches Fest natürlich mit Wodka zum 1250. Gründungsjubiläum feierten, in der fast vergessenen alten russischen Metropole.

Natürlich gibt es wie überall Zweifler an dem Alter des Ortes, aber das schert die Dorfbewohner wenig. Denn die Geschichte von Staraja Ladoga ist spannend und trotz Heerscharen von Geologen, Historiker und Archäologen, die wie Mücken in vergangener Zeit den Ort heimsuchten und umgruben, voller komplexer ungelöster Rätsel. Nur widerwillig gibt die Erde die Jahrhunderte alten Geheimnisse preis.

Das berühmte Kloster von St. Nikolaus mit der gleichnamigen Kirche wurde schon im XII. Jahrhundert erbaut und nach Zerstörungen 1541 in seiner heutigen Form wieder errichtet. Sicher sind sich die Forscher über das Alter der Kirche des Heiligen St. Georg, die nachweislich von 1165 bis 1166 gebaut wurde und damit eines der ältesten Steingebäude im russischen Norden ist. Die einzigartige Architektur und die Lage am „Ladoga-Meer", schließlich ist der See weit größer als der Bodensee, ziehen zu jeder Jahreszeit Landschaftsmaler aus ganz Russland an.

Marc Chagall - der rote Kommissar von Witebsk

Werke des Malerpoeten Marc Chagall werden heute schon einmal für siebenstellige Dollarbeträge versteigert. Hauptthema seiner Bilder waren die Bibel, der Zirkus, seine Familie und vor allem seine russische Heimat. Und die befand sich im kleinen Ort Peskowatik bei Witebsk, wo er als Мойше Хацкелевич Шагалов - also als Moische Chazkelewitsch Schagalow als ältestes von neun Kindern eines armen jüdischen Ehepaares in einem bescheidenen Holzhaus mit schiefen Fenstern am 24. Juni 1887 seinen ersten Schrei tat. Der Vater arbeitete in einem Heringsdepot und die Mutter unterhielt einen bescheidenen Lebensmittelladen.

Witebsk zählte zu dieser Zeit so an die fünfzigtausend Einwohner, von denen mehr als die

Hälfte Juden waren. Der bereits 947 auf Befehl der Großfürstin Olga von Kiew gegründete Ort war derzeit ein wichtiger Eisenbahnknotenpunkt zwischen Moskau und Riga, zwischen St. Petersburg und Warschau.

Nach der Cheder, der Elementarschule, in die der kleine Moische mit drei Jahren eintrat und wo er das Hebräische erlernte und die Thora studierte, bestach seine Mutter einen Lehrer der städtischen Gesamtschule, die im Normalfall keine Juden aufnahm, so dass der Junge auch die russische Sprache erlernte. Darüber hinaus nahm er auf Wunsch seiner Mutter Unterricht in Violine und Gesang. Er schloss die Gemeindeschule in Witebsk ab und hatte nun den ausgefallenen Wunsch, Maler zu werden. *„Mein Vater hatte blaue Augen, aber seine Hände waren voller Schwielen. Er arbeitete, er betete, er schwieg. Wie er, war auch ich schweigsam. Was sollte aus mir werden? Sollte ich so mein ganzes Leben lang bleiben, vor einer Wand sitzend oder sollte ich ebenfalls Tonnen schleppen? Ich betrachtete meine Hände. Ich hatte zu zarte Hände...Ich musste einen besonderen Beruf finden, eine Beschäftigung, die mich nicht zwingen würde, mich vom Himmel und den Sternen abzuwenden, und die mir erlauben würde, meinen Sinn des Lebens zu finden. Ja, genau das suchte ich. In* *meiner Heimat jedoch hatte niemals jemand vor mir die Worte ,Kunst, Künstler' ausgesprochen. ,Was ist das, ein Künstler?' fragte ich."*

Dazu ging er als Schüler ins Atelier zu Jehuda Pen, der an der Kaiserlichen Akademie in St. Petersburg studiert hatte und sein Geld nun mit Porträts und Genrebilder des damaligen Geschmacks verdiente. 1896 hatte eben dieser Jehuda Pen in Witebsk auf Anregung von Ilja Repin die erste private Kunstschule in Weißrussland gegründet. Er machte, ohne es zu wissen oder anzustreben, die Stadt damit zu einem der wichtigsten Zentren der künstlerischen Moderne in Europa.

Doch Pens Schule reichte dem jungen Moische bald nicht mehr, er strebte in die Hauptstadt an die Akademie. Nach einer Lehrzeit bei dem Witebsker Maler besorgte sich der junge Mann ein für Juden notwendiges Papierchen, dass für den Aufenthalt in der Hauptstadt obligat war. Wenn auch Zar Nikolaus II. toleranter als sein Vater Alexander III. war, so hat er die diskriminierenden Gesetze des einst stark russisch-nationalistischen Herrschers nie aufgehoben.

In St. Petersburg an der Kaiserlichen Kunstakademie - Императорская Академия художеств, wohin der junge Schagalow strebte, hatten die bedeutendsten Maler, Bildhauer und Architekten

Russlands studiert. In seinen Memoiren *„Mein Leben - Mon vie",* die er schon sehr früh verfasste, schreibt Chagall: *„Mit meinen 27 Rubeln in der Tasche, den einzigen, die ich im Leben von meinem Vater für die Reise erhielt, verschwinde ich, immer noch rosig und voller Locken, nach Sankt Petersburg, begleitet von meinem Kameraden. Es ist entscheidend."*

Dieser Kamerad war Viktor Mekler, sein erster Seelenverwandter in Witebsk, der aus einer begüterten Kaufmannsfamilie stammte, mit Moische die Schulbank gedrückt hatte und, wie sich später erwies, nicht das Talent seines Freundes hatte. Mekler hatte nicht die Absicht, ein erfolgreicher Kaufmann zu werden, sondern interessierte sich sehr für die Poesie der Symbolisten. Er nahm bei seinem Freund Zeichenunterricht, wobei sich Moische weigerte, dafür Geld zu nehmen. Diese Freundschaft war für den jungen enorm Moische wichtig, *„...Freunde aus der oberen Gesellschaft schmeichelten mein Selbstwertgefühl: Ich war nicht mehr ein Lump von der Pokrowskaja Straße!"*

Eigentlich hatte Mekler die Idee mit St. Petersburg und überredete Schagalow, der befürchtete, dass seine Familie nicht genug Geld aufbringen könnte, um ihn während des Studiums finanziell unter die Arme zu greifen.

Um sie zu unterstützen und ihnen nicht länger auf der Tasche zu liegen, war es höchste Zeit, eigenes Geld zu verdienen. So ging er in die Lehre beim Witebsker Fotografen Meschtschaninow. Dort lernte Moische das Retuschieren und Fachkenntnisse, eine unbezahlte Arbeit, bei der er keine Freude empfand: *„Ich hasste Retusche. Diese dümmste Arbeit. Was ist das für...!? Sommersprossen und Falten zu verbergen, so dass sie alle gleichermaßen aussehen, jung und nicht mehr sich selbst ähneln!"*

Auch das ist aus seinen Memoiren, über die der Maler sagte: *„Dieses Buch ist Geschichte und gleichzeitig auch ein Roman. An manchen Stellen ist es reine Poesie. Es ist eine Tragödie, aber oft auch sehr komisch".*

Im Winter 1906/07 machte sich Moische auf den Weg und glaubte, sein Elternhaus nie wieder zu sehen. Doch die Hauptstadt empfing den jungen Juden nicht nur kühl, sondern die vorgelegten Arbeiten Chagalls reichten einfach nicht für eine Aufnahme an der Elite-Hochschule. Daraufhin begann er im Frühjahr gemeinsam mit seinem Busenfreund Mekler eine Ausbildung an der Schule der Kaiserlichen Gesellschaft zur Förderung der Künste.

Sie lebten wie alle Studenten unter ärmlichsten Verhältnissen, auch wenn Mekler, der regelmäßig von seinem Vater Geld geschickt bekam, versuchte, ihr bitteres Los zu erleichtern. Aber Skizzen, Bücher, Farben und das tägliche Brot waren teuer und so lebten sie im wahrsten Sinne des Wortes wie Bettelstudenten. Es kam, wie es kommen musste: Die ersten Zerwürfnissen mit seinem Schulfreund bahnten sich an, weil der Zeichnungen von Moische stahl, einfach die Signatur entfernte und sie als seine Arbeiten ausgab. Empört erinnerte sich Chagall: *„Der erste Freund aus Kindertagen, den ich so sehr liebte, enttäuschte mich und fiel wie Schorf von einer Wunde...Später in Paris, wollte er mir meine Verlobte entreißen, versuchte sie mit Scheinliebeserklärungen zu locken...Und schließlich verstand er meine Gemälde nicht und fing an, mich wie die anderen zu beneiden. So ging unsere Kinderfreundschaft in Stücke mit dem Beginn des harten, erwachsenen Lebens."*

Mit dem Sommer des darauf folgenden Jahres verließ Schagalow diese Ausbildungsstätte und besuchte die private Kunstschule von Jelisaweta Swanzewa, wo er in den Maler Léon Bast einen Lehrer bekam, der Moische für die moderne Malerei interessierte. In dieser Zeit entstand das erste bekannte Bild Chagalls „Der Tote".

Während der Vervollkommnung seiner Fähigkeiten in St. Petersburg zog es ihn immer wieder nach Witebsk zur Familie zurück, wo er 1909 ein recht anziehendes Mädchen, die Freundin seiner Schwester, kennen lernte, das ihn mächtig beeindruckte. Es war die vierzehnjährige Bella Rosenfeld, Tochter eines wohlhabenden jüdischen Juweliers, die das Mädchengymnasium in Witebsk besuchte und sich auf ein Studium an der Moskauer Universität vorbereitete, mit dem festen Wunsch, Schriftstellerin zu werden.

Unstet wie der junge Maler war, reiste er 1910 mit dem Bild des schönen Mädchens im Kopf nach Paris, wo er sich neue Anregungen für die Ausprägung eines eigenen Stils erhoffte und wo zudem die russischen Maler zu jener Zeit sehr in Mode waren.

„Paris! Für mich gab es kein schöneres Wort... Damals hatte ich erkannt, dass ich nach Paris gehen musste. Die Erde, die die Wurzeln meiner Kunst genährt hatte, war Witebsk; aber meine Kunst brauchte Paris so nötig wie ein Baum das Wasser. Ich hatte keinen anderen Grund, meine Heimat zu verlassen, und ich glaube, ihr in meiner Malerei immer treu geblieben zu sein."

Mit dem Geld von zwei verkauften Bildern und einem bescheidenen Stipendium eines Gönners reiste Moische in die Seinemetropole und mietete sich in der Nähe des Bahnhofs Gar Montparnasse im 15. Arrondissement, auf Unterstützung der dort ansässigen russischen Künstler hoffend, ein. Doch schon die ersten Tage und Wochen waren eine bittere Enttäuschung, hatten viel Ähnlichkeit mit den ärmlichen Lebensumständen als Student in St. Petersburg und so klagte er: *„Nur die Entfernung, die zwischen Paris und meiner Heimatstadt liegt, hat mich abgehalten, sofort wieder zurückzukehren."*

Zunächst beschäftigte er sich mit Aktstudien und besuchte dazu Kurse in Privatakademien wie beim Modernisten Henry Le Fauconnier. Aus dieser Zeit sind zwei Bilder bekannt, nämlich „Liegender weiblicher Akt" und „Roter Akt".

Die Not zwang den jungen Russen, den alle nur Chagall nannten und der sich den Vornamen Marc zulegte, im Winter 1912 in die Künstlersiedlung „La Ruche - Der Bienenkorb" umzuziehen, die zehn Jahre zuvor vom Bildhauer Alfred Boucher gegründet worden war. Dieser Bienenkorb verdient als ein dreistöckige Rundbau, den Gustave Eiffel eigentlich für die Weltausstellung Paris 1900 errichtet hatte, seinen Namen. Denn die Siedlung war Wohn- und Wirkungsort zahlreicher französischer und ausländischer Künstler, die hier wohnten oder ein und aus gingen und so taten, als wohnten sie hier irgendwo. Zu den Bewohnern gehörten unter anderen die Dichter Guillaume Apollinaire und Max Jacob, die Maler

Alexander Archipenko, Max Pechstein, Fernand Léger, Jacques Lipchitz, Max Jacob, Amedeo Modigliani, Diego Rivera, und Pierre Nocca.

Hier hatte Chagall auch ein größeres Atelier und konnte nun großformatige Bilder malen. Neugierig schlenderte man von Atelier zu Atelier und seine künstlerischen Nachbarn nannten ihn wegen seines Malstils „Chagall le poète".

Wie alle Maler beeindruckte ihn das Licht in der französischen Hauptstadt, das er auch das Licht der Freiheit nannte, wie er auch den 100 Jahre nach dem Sturm auf die Bastille errichteten Eiffelturm als ein Symbol der Freiheit ansah und ihn später oft in seinen Bildern so verwendete.

Marc Chagall, wie er sich nun nannte, lebte das Leben eines Boheme, malte, wenn er Zeit hatte, besuchte Galerien und Museen, wo ihn die Originale der Gemälde von Gauguin und Van Gogh begeisterten, mehr aber noch die Arbeiten von Matisse, die der im Herbstsalon des Louvre ausstellte.

Abends im Atelier malte er unter dem Eindruck des am Tage Erlebten, wobei er recht frei und fantasievoll zu Werke ging. Durch seine Künstlerkollegen gelangte Chagall mit einigen Bildern in die für die französische Kunst wichtigen Salons, wo er erstmals auch die Bilder der so genannten Fauvisten mit ihren expressiven Farben sah, jene

Avantgarde der modernen Kunst, zu der Matisse gehörte. Diese Malweise in freien Farben, den Deformationen der Formen und die freiheitliche Widergabe von Gedanken im Bild hinterließ bei Chagall einen tiefen Eindruck: *„Hier trat ich voll ein...keine Akademie hätte mir all dies geben können, was ich entdeckte, als ich mich in die Ausstellungen von Paris, in die Schaufenster der Galerien, in seine Museen verbiss."*

Nun versuchte er sich in kubistischem Malen und zeigte 1911 mit dem Bild *„Meiner Braut gewidmet"* und *„Akt im Garten"* nach Meinung der Freunde erste Ansätze eines eigenen, typischen Stils. Diese Arbeiten werden als wegweisende Frühwerke bezeichnet. Weil die Bildmotive zu sexuell, ja pornografisch erschienen, wurden sie erst 1912 auf dem Frühjahrssalon gezeigt. Doch einen Zugang zum Kubismus, den Chagall als *„Sprache, in der sich die Magie der Welt ausdrücken ließ",* fand der russisch-jüdische Künstler nicht. Unter anderen war es kein geringerer als Pablo Picasso, der ihn ermutigte, sich in seinen Bildern der explosiven Fantasie zu überlassen. Apollinaire nannte die Bilderwelten Chagalls, die sich trotz der Nähe zum Kubismus davon abgrenzten, *surnaturel,* übernatürlich. *„Ich erinnere mich an den ersten Besuch von Apollinaire in meinem Atelier im Jahre 1912. Vor* *meinen Bildern aus der Zeit von 1908 bis 1912 gebrauchte er das Wort ‚surnaturalisme‘. Ich konnte nicht ahnen, dass fünfzehn Jahre später die surrealistische Bewegung kommen würde."*

Doch die Anerkennung blieb aus, bis auf einige Grafiken fanden seine Bilder keine Käufer. Als Technik entdeckte Chagall für sich Gouache, die ihm ermöglichte, seine spontanen Improvisationen preisgünstig auf Papier mit Wasserfarben zu malen. So entstanden in den vier Jahren der Pariser Zeit hunderte von Gouachen, was den Fälschern heute das Leben leicht und den Kunstkritikern das Ausstellen von Expertisen schwer macht. Außerdem malte Chagall in dieser Zeit vierzig Gemälde auf Leinwand. Er griff aber nur dann auf das teure Material zurück, wenn er das Bild schon fertig im Kopf hatte.

Der Autor und Lyriker Guillaume Apollinaire sagte: *„Chagall ist ein sehr begabter Kolorist und gibt sich allem hin, wozu seine mystische und heidnische Imagination ihn treibt: Seine Kunst ist sehr sinnlich."*

Der französische Freund mit den italienisch-polnischen Wurzeln war es auch, der Chagall 1913 mit dem Berliner Kunsthändler und Herausgeber der Zeitschrift für die avantgardistische Kunst „Sturm", Herwarth Walden, bekannt machte. Walden gefielen die Arbeiten des Russen und er bot Chagall an, im Frühjahr 1914 eine Einzelausstellung durchzuführen. Der Maler stimmte begeistert zu, verband er doch mit dieser Exposition die Hoffnung, so eine Chance für einen internationalen Durchbruch zu erhalten. Außerdem spielte er mit dem Gedanken, Berlin war Witebsk schließlich bedeutend näher, auf einen Sprung nach der Vernissage für einige Wochen zu seinen Eltern und zu seiner Braut Bella Rosenfeld zu reisen.

In Witebsk überraschte ihn im Juli 1914 der Ausbruch des Ersten Weltkrieges und an eine Rückkehr nach Paris war vorerst nicht zu denken. Und weil in jedem Schlechten auch etwas Gutes liegt, wie die Russen sagen, intensivierte sich die Beziehung zu seiner Braut, mit der er gegen die Bedenken seiner Schwiegereltern, die voreingenommen gegen den Hunger leidenden Künstler waren, am 25. Juli 1915 die Ringe der Ehe überstreifte.

Und Chagall schwärmte vom junge Eheglück:
„Sie brachte mir morgens und abends liebliche hausgebackene Kuchen ins Atelier, gebackenen Fisch, gekochte Milch, bunte Stoffe und sogar Bretter, die mir als Staffelei dienten. Ich öffnete nur mein Fenster, und schon strömten Himmelblau, Liebe und Blumen mit ihr herein. Ganz weiß gekleidet oder ganz in Schwarz, geistert sie

lange schon durch meine Bilder, als Leitbild meiner Kunst."

In dieser Zeit entstand auch das Porträt seines ersten künstlerischen Lehrers aus Witebsk Jehuda Pen. Um nicht zum Kriegsdienst eingezogen zu werden, siedelte das junge Paar nach Petrograd über. Zar Nikolaus II. hatte nach Kriegsbeginn mit Deutschland die deutsche Bezeichnung der russischen Hauptstadt St. Petersburg als unpatriotisch und nicht länger hinnehmbar empfunden. Hier kam Chagall in einer wichtigen Dienststelle für die Kriegswirtschaft unter, die sein Schwager Jakow Rosenfeld leitete. In Petrograd wurde 1916 seine Tochter Ida geboren.

Während der Zeit in Petrograd malte Chagall überwiegend Bilder aus der ihn umgebenden Wirklichkeit, da ihn die erschütternden Ereignisse des Weltkrieges prägten und ihn seiner künstlerischen Fantasie beraubt hatten. Es schien, als wären seine Ideen und sein Schöpfertum in Paris zurück geblieben. Nun malte er Witebsker Straßenlandschaften, die dort stationierten Soldaten, seine Familie, das jüdische Dorfleben und auch Landschaften.

Die Februarrevolution von 1917, die er selbst in Petrograd miterlebte, weckte in dem in bitterer Armut und unter Diskriminierung aufgewachsenen jüdischen Künstler große Hoffnungen.

Begeistert kehrte Chagall mit Frau und Tochter nach Witebsk zurück, um dort am revolutionären Umbruch künstlerisch mitzuwirken. So entwarf er das Konzept einer Kunstschule und reichte es Lunatscharski ein, den er in Paris kennen gelernt hatte, wo der in der Emigration als Journalist arbeitete. Dieser Anatoli Lunatscharski - Анатолий Луначарский war von Lenin 1917 als Volkskommissar für das Bildungswesen, abgekürzt NARKOMPROS, eingesetzt worden. Er billigte nicht nur den Plan Chagalls, sondern ernannte den Maler im September 1918 zum Kommissar für die Schönen Künste im Gebiet Witebsk.

Dort saß ihm seine Frau Bella oft Modell, so zum Beispiel für das berühmte Bild „Bella mit dem weißen Kragen". Unter schwierigen Bedingungen gründete Chagall 1919 die Kunstschule, übernahm selbst die Leitung und erteilte zudem auch Kunstunterricht. Es gelang ihm, namhafte Künstler der russischen Avantgarde wie Kasimir Malewitsch, El Lissitzky und Iwan Puni als Dozenten zu gewinnen. Die kamen nicht nur wegen der interessanten Aufgabe oder weil Chagall so ein netter Kerl war, sondern auch weil Witebsk von den umliegenden Dörfern versorgt wurde und damit von Hungersnöten verschont blieb. Der Hunger zog wie ein Schnitter durch die vom

Bürgerkrieg zwischen den vom Ausland unterstützten Weißen und den Roten geschundene junge Sowjetrepublik und kostete Hunderttausenden, vielleicht Millionen das Leben.

Neben seinem Engagement an der Kunstschule organisierte der rote Kommissar für die Schönen Künste Ausstellungen, eröffnete Museen wieder, half, Galerien zu gründen und die neuen bolschewistischen Feiertage stilvoll vorzubereiten.

Im Frühjahr 1919 nahm Marc Chagall mit einer Reihe seiner Bilder an der „Ersten Staatlichen Ausstellung revolutionärer Kunst" im einstigen Winterpalais in Petrograd erfolgreich teil. Die junge sowjetrussische Regierung erwarb zwölf seiner Bilder.

Kasimir Malewitsch hatte andere Auffassungen über die Richtung der zukünftigen Kunst, was zu Auseinandersetzungen mit Chagall bei der Leitung der Kunstschule führte, so dass Marc Chagall entnervt zurück trat. *„Ich bin ein Maler und sozusagen ein unbewusst bewusster Maler. Es sind so viele Dinge im Reich der Kunst, für die schwer Schlüsselwörter zu finden sind. Aber warum eigentlich muss man unbedingt versuchen diese Tore zu öffnen? Manchmal scheint es, dass sie sich von selbst auftun, ohne Anstrengung, ohne überflüssige Worte."*

Die Familie verließ Witebsk im Mai und siedelte sich in Moskau an, wo die Chagalls in Armut lebten. Um den Lebensunterhalt zu sichern, entwarf Chagall Wandbilder, Dekorationen und Kostüme für das „Jüdische Theater" in Moskau.

Die staatliche Nachfrage nach seinen Arbeiten ließ stark nach, da sie nicht mehr in die offizielle Ideologie von Kunst und Künstler passten. Malewitsch, der nun etwas zu sagen hatte, und der nicht viel von Chagall hielt, ließ seinen ehemaligen Mitstreiter gnadenlos fallen. 1921 betätigte sich Chagall als Zeichenlehrer in der Kriegswaisenkolonie in Malachowka bei Moskau und begann mit 34 Jahren seine Autobiografie „Mein Leben" zu schreiben, in der er erbittert auch die Missachtung seiner künstlerischen Individualität durch den Staat kritisierte. Ein Jahr später verließ Chagall mit seiner Familie Russland.

In Berlin wollte der Maler an seine Aufbruchszeit anknüpfen und sich mit dem Erlös seiner dort zurückgelassenen Bilder finanziell absichern. Zu den Gründen der Ausreise zählten nicht nur die finanziellen Probleme und die schlechten Zukunftsaussichten nach Lenins Aufforderung zur Säuberung des Landes von „antisowjetischem" Geist, sondern sogar eine echte Gefahr für Leib und Leben. Die Ausreisepapiere besorgte der ihm noch wohl gewogenen Anatoli Lunatscharski.

Lunatscharski hatte einst dafür gesorgt, dass auch mit der „Neuen Ökonomischen Politik" ab 1921 der Avantgarde gewisse Freiräume offen geblieben waren. Den Niedergang der avantgardistischen Kunst in der Sowjetunion, der in der Doktrin des Sozialistischen Realismus endete, konnte dieser kluge und kulturvolle Revolutionär nicht verhindern.

AN MARC CHAGALL

Esel oder Kuh Hahn oder Pferd
Bis hin zum Leib einer Geige
Singender Mann ein einziger Vogel
Tanzend behände mit seiner Frau
Paar eingetaucht in seinen Frühling
Gold des Grases Blei des Himmels
Getrennt durch blaue Flammen
Von der Frische des Taues
Das Blut es schillert das Herz es schlägt
Ein Paar der erste Widerschein
Und in einem Schneegewölbe
Zeichnet der volle Rebstock
Ein Gesicht mit Lippen aus Mondlicht
Das nachts nie schläft.

Paul Eluard

✠

Inhalt
der dreizehn Kurzgeschichten

Titelfoto: Hartmut Moreike
Ansicht des Museumsschiffes „Panzerkreuzer Aurora"
von der Newa aus, aufgenommen im Juli 2014 mit Nikon
Coolpix S5100

Einige weitere Publikationen des Autors:

„Culinaria Russia" - als Co-Autor

„Duschenka - Hochzeitslieder wie Totenklagen"

„Tanjuscha - Glasherz und Schneegesicht"

„Moskauer Roulette - Mafiamord und Madonnengebet"

„Moskauer Venus" - Tagebuch eines Herumtreibers (herausgegeben mit Pseudonym Genadij Neshin) ISBN 3-8334-4474-6

„Ein Haus so himmelblau" - Ein Maler- und Liebesroman aus Russland ISBN 978-3-8423-9839-9

„Palette Russlands" Ilja Repin-Romanbiografie I. Band ISBN 978-3-7322-2643-6

„Das Russlandgemälde" Ilja Repin-Romanbiografie II. Band ISBN 978-3-7357-4597-2

„St. Petersburg, mon amour!" Geschichten um Personen und Sehenswürdigkeiten ISBN 978-3-7357-5266-6

„Moskau, meine Trauer! " Geschichten um Personen und Sehenswürdigkeiten ISBN 978-3-7386-8827-6

„Moskau, fremde Schöne!" Geschichten um Personen und Sehenswürdigkeiten ISBN 978-3-78 697 230